o
invisível

Título do original norte-americano:
The Invisible
Copyright © 2000 by Mats Wahl

O Invisível
Copyright da tradução © Butterfly Editora Ltda. 2008
Direitos autorais reservados.
É proibida a reprodução total ou parcial, de qualquer forma
ou por qualquer meio, salvo com autorização da Editora.
(Lei nº 9.610, de 19 de fevereiro de 1998.)

Direção editorial: **Flávio Machado**
Assistente editorial: **Dirce Yukie Yamamoto**
Tradução: **Yma Vick**
Chefe de arte: **Marcio da Silva Barreto**
Capa e projeto gráfico: **Ricardo Brito**
Foto da capa: **Adam Gryko, Kirill Vorobyev, Svidenovic e Marek Kosmal / Dreamstime.com**
Revisão: **Baby Abrão**
Fotolito da capa: **SERMOGRAF**

Dados Internacionais de Catalogação na Publicação (CIP)
(Câmara Brasileira do Livro, SP, Brasil)

Wahl, Mats.
 O invisível / Mats Wahl ; tradução de Yma Vick. – São Paulo : Butterfly Editora, 2008.

 Título original: The invisible.
 ISBN 978-85-88477-78-0

 1. Ficção – Literatura juvenil I. Título.

08-08086   CDD: 028.5

Índice para catálogo sistemático:
1. Ficção : Literatura juvenil 028.5

Butterfly Editora Ltda.
Rua Atuaí, 383 – Sala 5
Vila Esperança/Penha
CEP 03646-000 – São Paulo – SP
Fone: (0xx11) 2684-9392
www.flyed.com.br | flyed@flyed.com.br

Impresso no Brasil, no inverno de 2008 pela:
SERMOGRAF – Artes Gráficas e Editora Ltda.

1-9-08-5.000

O invisível

Mats Wahl

Tradução
YMA VICK

São Paulo – 2008

Sumário

7 Manhã de segunda-feira

69 Tarde de segunda-feira

127 Noite de segunda-feira

155 Manhã de terça-feira

173 Final da manhã de terça-feira

187 O interrogatório

223 Tarde de terça-feira

Manhã de segunda-feira

Naquela manhã de segunda-feira, no mês de maio, Hilmer Eriksson descobriu que tinha se tornado invisível. Chegou cedo à escola Lugnet, localizada na área rural do norte da Suécia. Foi direto para a sala de aula, a 9A. Ninguém havia chegado. Pendurou o casaco no encosto da cadeira, sentou-se e abriu a mochila.

Gostava de ler e, naquele dia, pretendia passar na biblioteca para devolver alguns livros que havia retirado na semana anterior. Tirou um deles da mochila (*Huckleberry Finn*), abriu em seu capítulo predileto (o capítulo 7) e mergulhou na leitura. Estava tão concentrado que nem mesmo percebeu quando Henrik Malmsten e Lars-Erik Bulterman entraram.

Somente quando ouviu Malmsten rir foi que se virou para ele e cumprimentou-o rapidamente.

Mas Malmsten e Bulterman não pareceram notar sua presença. Malmsten sentou-se em sua carteira, num canto próximo à janela, e Bulterman acomodou-se na carteira ao lado. Os dois esticaram as pernas. Usavam o mesmo tipo de roupa:

bota preta de cano alto, do tipo militar, amarrada com cadarço, calça e camiseta pretas.

Bulterman deslizou as mãos pelo cabelo cortado à escovinha. Suas orelhas eram enormes. Antes usava cabelo longo e as orelhas não pareciam tão proeminentes.

— Devíamos pôr fogo nas barracas daquela escória — murmurou.

— Sim — concordou Malmsten com um sorriso. — Alguém precisa mesmo incendiar aquelas *parracas*.

Bulterman franziu a testa.

— Não é *parracas*, idiota. É *barracas*.

Malmsten ficou ruborizado.

— Foi o que eu disse.

— Tenho certeza de que ouvi *parracas* — insistiu Bulterman.

— Sei muito bem o que eu disse — respondeu Malmsten.

— É claro que sabe. Mas, voltando ao assunto, alguém deveria mesmo jogar gasolina em todas aquelas barracas imundas.

Malmsten riu.

— Já imaginou? Todos eles indo pelos ares.

— *Parracas* queimadas — disse Bulterman.

Malmsten deu um tapa no braço de Bulterman. Ele riu.

— Temos que nos livrar daquela corja de imigrantes.

Os dois ficaram em silêncio por alguns instantes.

Hilmer imaginou que eles se referissem às casas que estavam sendo construídas em Sållan, onde viviam mais de cem "trabalhadores convidados" de outros países. As construções atarracadas lembravam mesmo barracas do Exército. Observou quando Malmsten levou o dedo à boca e começou a roer a unha. Chegou a ouvir os estalos.

— Idiota — disse Bulterman.

Malmsten continuou a roer as unhas.

— É importante termos a mesma história para contar depois — comentou Bulterman.

Malmsten começou a roer a unha de outro dedo.

— Está me ouvindo? — perguntou Bulterman.

— Claro que estou.

Malmsten passou para a unha do dedo mínimo.

— Chega! — gritou Bulterman, dando um pontapé na perna de Malmsten.

— Por que você fez isso?

— Esta sua mania de roer as unhas é nojenta!

— Mas não precisa me dar um chute!

— Vou chutar muito mais se você não parar!

— Experimente para ver — respondeu Malmsten, roendo a unha do polegar.

Bulterman chutou-o novamente.

— Seu filho da mãe!

— Vou lhe dar uma lição!

Bulterman tentou chutar mais uma vez a perna de Malmsten, que a tirou do caminho.

Hilmer observava tudo com o canto do olho. Surpreendeu-se ao perceber que Malmsten não o vira e disse, como sempre:

— *O que está olhando, seu maluco idiota?*

Endireitou-se na cadeira e concentrou-se de novo no livro. Geralmente não costumava abusar da sorte como dessa vez.

Ninguém naquela escola queria ser pego olhando para Bulterman e Malmsten. Fosse quem fosse, acabaria apanhando. Alguns dias antes a professora Nyman interrompera a aula e olhara para Bulterman. Isso o deixara enfurecido.

— O que está olhando? – perguntara em tom agressivo.

— Você pode guardar a revista para ler depois? – a professora pedira.

— Também posso enfiá-la em sua goela. Que tal? – As orelhas dele ficaram vermelhas.

A professora também corara, porém na região do pescoço.

— Tudo bem. Vejo que preciso ter uma conversinha com seu pai.

Bulterman rira debochadamente. Malmsten balançara a cabeça e batera na perna, achando graça.

— Experimente fazer isso e vai se dar mal – ameaçara Bulterman.

Ela não se incomodara com a ameaça e chamara o pai do garoto à escola para conversar. Dois dias depois alguém pintou a frase "Nyman é uma prostituta" na parede da entrada principal.

Malmsten e Bulterman não fizeram segredo de sua arte. Riram bem alto, para todos ouvirem.

Hilmer viu Madeleine Strömbom, sua colega de classe, chegando e parando à porta, repentinamente, ao ver Bulterman e Malmsten.

— Só vocês chegaram? — perguntou.

— Ah, venha se sentar aqui conosco! — pediu Malmsten.

— Nem de brincadeira — respondeu Madeleine. Virou-se e desapareceu no corredor.

Malmsten fingiu-se ofendido.

— Gatinha, não me deixe assim!

Bulterman riu.

O sinal tocou, indicando que as aulas iriam se iniciar e que os professores logo estariam nas salas.

— Quem dá a primeira aula? — perguntou Bulterman.

— Nyman.

Bulterman gemeu como se tivesse levado um soco no estômago. Bateu as mãos na mesa e disse:

— Odeio isso tudo, odeio isso!

— Alguém devia jogar gasolina aqui na escola também.

Bulterman pareceu gostar da idéia.

— Levaria um seis meses para reconstruir esta droga toda.

— No mínimo — atalhou Malmsten.

Os alunos começaram a entrar na sala. Ao ver Madeleine, Malmsten gritou:

— Maddy, gatinha! Venha cá e me dê um beijinho! — Ela o ignorou.

Entrou então a senhorita Liselott Nyman, professora de história. Estava acompanhada de um homem vestindo calça cinza e jaqueta de camurça. Tinha um fino bigode e carregava sob o braço uma pasta de couro fechada com zíper. Chamava-se Harald Fors.

Os alunos olharam para ele, curiosos.

— Temos visita hoje — disse a professora quando todos ficaram em silêncio. E fez uma pausa ao ver que Hilda Venngarn também entrou.

— Desculpe-me pelo atraso — disse ela, sentando-se rapidamente.

— Bem, como eu dizia, hoje temos uma visita — continuou Nyman. — Este é o detetive Harald Fors, do departamento de polícia de Aln. Ele tem uma coisa importante a dizer.

Policiais sempre pareciam interessantes. E aquele vinha de Aln, a maior cidade da região. Isso só acontecia quando algo muito sério ocorria no vilarejo. Todos o olhavam, ansiosos, prestando atenção a cada palavra. Fors colocou a pasta sobre a mesa da professora.

— Sábado à noite seu colega Hilmer Eriksson desapareceu. Saiu de bicicleta por volta das seis da tarde, para ir a Vallen, pegar uma toalha que esqueceu no armário depois do treino de futebol. Mas provavelmente nem chegou lá. — Parou de falar por um instante e olhou para cada aluno. — Se algum de vocês o viu, peço que venha falar comigo. E, se souberem qualquer coisa que possa ajudar, fico grato se me disserem.

Parou novamente de falar e olhou para todos, esperando alguma resposta.

Lina Stolk levantou a mão.

— Então ninguém sabe dele?
— Não — respondeu Fors. — Seus pais começaram a procurá-lo sábado à noite. No domingo fomos chamados e iniciamos as buscas. Já cobrimos uma extensa área.
— Mas não conseguiram achá-lo — constatou Lina.
— Não. Até agora não o encontramos.

Hilmer se inquietou no momento em que o detetive entrou na sala. Seu coração disparou e suas mãos começaram a suar. Quando Fors mencionou seu nome, protestou.
— *Ei, eu estou aqui.*
Mas ninguém pareceu ouvir.
Levantou-se e jogou contra a parede o livro que estava lendo.
— *Vocês estão malucos? Ou será que não estão me ouvindo?* — gritou.
Mas o livro desapareceu assim que saiu de sua mão. Não chegou nem sequer a bater na parede. Não fez ruído. Devia ter caído ao lado de Lina Marksman, mas tornou-se invisível e não fez barulho. Desapareceu, exatamente como Hilmer.
— *Eu estou aqui!* — ele continuou gritando. — *Estou bem aqui!*
Ninguém, porém, o ouvia. Ficou parado, então, ouvindo e assistindo a tudo.

🙵 🙵 🙵

— Alguns de vocês obviamente eram amigos dele. — Fors abriu a pasta, tirou uma folha de papel e leu algo antes de continuar: — Pelo que sei, Daniel Asplund joga no mesmo time de Hilmer — falou, fitando novamente os alunos.

— Daniel ainda não chegou — disse Nyman. Olhou para a classe e perguntou: — Alguém viu Daniel hoje?

Vários alunos balançaram a cabeça, em negativa. Fors concentrou-se de novo no papel antes de continuar:

— Peter Gelin também joga no time.

— Sim — respondeu um garoto alto, loiro e magro.

— Podemos conversar em particular por um instante? — perguntou Fors.

— Claro.

— Bem, por enquanto é só. Se alguém quiser falar comigo, é só telefonar para este número.

Virou-se para o quadro branco, pegou o marcador e começou a escrever. Porém o marcador estava sem tinta.

— Tenho outro aqui — interveio Nyman, tirando-o da bolsa.

Fors o pegou e escreveu os números. Virou-se então para Peter:

— Vamos?

— Sim — respondeu ele, levantando.

Fors pegou a pasta e dirigiu-se à porta. Peter o seguiu. Quando a porta estava se fechando, Hilmer Eriksson saiu atrás deles.

— Podemos ir ao escritório da diretoria — sugeriu Fors.

Hilmer colocou a mão no ombro de Peter e notou que ela desapareceu. O amigo não esboçou nenhum sinal de ter sentido o toque.

Caminharam em direção à diretoria. Margit Lundkvist, a secretária, estava sentada à mesa, concentrada, como sempre, na tela do computador. Fors bateu à porta, já aberta, e ela se virou.

— Há alguma sala que possamos usar?

Margit olhou para o relógio.

— Pode usar o escritório do diretor. Ele está fora, em reunião, e não voltará tão cedo. Levantou-se e levou-os ao final do corredor. — É aqui — indicou.

Fechou a porta assim que os dois entraram, mas Hilmer ainda teve tempo de se esgueirar para dentro.

Fors acomodou-se em uma das cadeiras, em frente à mesa cheia de papéis e pastas abertas. Esperou Peter sentar-se na cadeira ao lado, abriu sua pasta de couro e tirou dela um pequeno caderno e uma caneta. Anotou a data, consultou o relógio de pulso e tomou nota também do horário. Sua letra era caprichada.

— Peter, pode soletrar seu sobrenome?

— G-E-L-I-N.

Fors escreveu.

— Desde quando conhece Hilmer Eriksson?

— Somos colegas de classe há nove anos.

— Vocês têm contato fora da escola?

— Sim. Jogamos para o BK.

— É o clube de futebol, não?
— Sim.
— Estão no mesmo time?
— Sim.
— Há quanto tempo?
— Comecei a jogar quando estava na sexta série. Hilmer também.
— Em que posição você joga?
— Trocamos de vez em quando, mas gosto mais de atuar como atacante.
— E Hilmer?
— Ele prefere ser goleiro, mas não é tão bom nisso. Joga melhor na defesa.
— Sério? Por que não é bom goleiro?

Peter pensou por um instante antes de responder.

— O goleiro não pode ficar parado esperando a bola chegar. Tem de se movimentar e acompanhar o jogo. Um bom goleiro pode decidir uma partida. Mas Hilmer...

— O que tem ele?
— Fica parado e deixa o gol desprotegido. Ou ao menos dá essa impressão.
— Bem, talvez não seja mesmo um bom goleiro. E quanto a fazer amizades? Ele é bom nisso?
— Como assim?
— As pessoas gostam dele?
— Acho que sim.
— Se tivesse que descrever Hilmer, o que diria?

Peter ficou em silêncio, pensando.
— Tente — insistiu Fors.
— É difícil.
— Por quê?
— Ele é tão normal...
— Você diria então que é a principal característica dele? Ser normal?
— Acho que sim.

Fors fez algumas anotações. Depois olhou para Peter e perguntou:
— Vocês jogaram no sábado?
— Sim.
— Aconteceu alguma coisa diferente antes, durante ou depois do jogo?
— Não. Fizemos um pouco de exercício e aquecimento e começamos a jogar, como sempre.
— Qual é o nome do treinador?
— Alf.
— E o que fizeram depois do jogo?
— Nada especial. Tomamos banho, nos vestimos, pegamos nossas bicicletas e fomos para casa. O sobrenome de Alf é Nordström. Ele também é zelador daqui e de outra escola próxima.
— Nada de diferente aconteceu no vestiário?

Peter pensou por alguns instantes.
— Não... Ei, espere! Aconteceu, sim. Daniel e Hilmer brigaram por causa de uma toalha.

— Como foi isso?
— Parece que Daniel esqueceu sua toalha e pegou a de Hilmer. Começou a se enxugar com ela e foi então que a briga começou. Hilmer caiu e raspou o joelho.
— Como foi a briga?
— Como assim?
— Foi uma briga mesmo? Chegaram a bater um no outro?
— Não. Eles são amigos.
— Então Hilmer caiu por acidente?
— Sim.
— Daniel não teve a intenção de machucá-lo?
— Ele não faria isso. Os dois são amigos e freqüentam juntos o clube de xadrez.

Enquanto Fors fazia anotações, Peter começou a se mexer na cadeira. Pensou um pouco e disse:
— Sabe, há duas coisas que considero bem estranhas em Hilmer. Uma é que ele gosta de jogar xadrez e outra é que ele é muito quieto.
— Muito quieto?
— Sim, quase não conversa. É como se estivesse sempre com a cabeça em outro lugar.
— E você sabe no que ele fica pensando?
— Não faço a menor idéia.

Fors fez mais algumas anotações e continuou:
— Então houve uma discussão no vestiário, certo?
— Sim.
— E o que aconteceu depois?

— Não sei. Eu me vesti rápido e saí enquanto os dois discutiam.
— Então você não sabe como a discussão acabou?
— Não.
— Quem mais estava lá quando você saiu?
— Acho que todos. Fui o primeiro a sair.

Fors guardou a caneta, colocou o caderno na pasta e a fechou.

— Só mais uma pergunta. Você tem idéia de onde Hilmer pode estar?
— Não.
— Há algum lugar onde ele costuma ir, como um terreno ou prédio abandonado?
— Não que eu saiba.

Fors se levantou e deu a Peter um cartão.

— Entre em contato comigo caso se lembre de mais alguma coisa. Não tenha receio de me telefonar. Diga tudo o que souber e eu decido se é ou não importante.

Os dois deram-se um aperto de mão e deixaram a sala. Peter saiu primeiro.

Hilmer permaneceu ali, sentado a um canto. O local estava silencioso, exceto pelo som de um rádio ligado na sala ao lado. Não conseguia se lembrar qual era aquela sala.

— *Há algo errado com minha memória. Por que não consigo me lembrar das coisas?*

Tentou se lembrar o que houvera no vestiário, no sábado, mas não conseguia. Nem se recordava do rosto de Daniel. Ou da toalha, o motivo da discussão.

– *Que briga teria sido aquela?*

Seus pensamentos se dirigiram então para outra pessoa... sua mãe.

– *O que será que ela está fazendo agora?*

Hilmer teve a sensação de estar suando. Tentou pensar nas feições da mãe, mas não conseguiu. Vieram-lhe à mente algumas palavras que o pai dizia, mas foi tudo. Não se lembrava de seu rosto. Achou aquilo absurdo. Não entendia o que estava acontecendo.

Ouviu gritos e risos no pátio. Levantou-se, olhou pela janela e viu duas garotas brincando. Não as reconheceu.

"*Devo estar sonhando*", pensou.

Então a porta se abriu e o diretor, Sven Humbleberg, entrou, carregando uma maleta cheia de papéis. Colocou-a sobre uma das cadeiras em frente à mesa e tirou o casaco colorido. Foi pendurá-lo em um gancho na parede e percebeu que a etiqueta vermelha da lavanderia permanecera na gola. Arrancou-a, amassou-a e, quando se virou para jogá-la no cesto de lixo, percebeu Margit parada na porta.

– Há um policial na escola hoje – disse ela baixinho, como se estivesse contando um segredo.

Humbleberg levantou a sobrancelha. Distraído, colocou a etiqueta amassada no bolso, por engano.

– Sério? É o policial Nilsson?

— Não, é um detetive que veio de Aln — continuou Margit.
— Foi falar com a classe 9A. Trouxe um dos alunos para conversar aqui em sua sala agora há pouco.
— É mesmo? E sobre o que falaram?
— O diretor abriu sua gigantesca maleta e tirou duas pastas cheias de papéis.
— Hilmer Eriksson desapareceu.

A sobrancelha de Humbleberg se arqueou ainda mais.
— Desapareceu? Hoje?
— Sábado.
— Isso não é bom. Desapareceu mesmo? Ninguém tem notícias dele?
— *Estou aqui!* — gritou Hilmer. Foi até o diretor e colocou a mão em seu ombro.

Mas Humbleberg não percebeu. Apenas coçou a orelha, distraído.
— Sim — respondeu Margit. — Parece que ele sumiu mesmo.
— Aproximou-se da mesa e disse em voz mais baixa: — Suspeitam de assassinato.

Humbleberg suspirou.
— Muito estranho... desde sábado. Hoje é segunda-feira.
— Sim — respondeu Margit. — Fiquei sabendo ontem à noite. Estiveram fazendo buscas em Vallen. Com cães.
— Isso é terrível — murmurou Humbleberg.
— *Mas eu estou aqui!* — gritou Hilmer. — *Bem à sua frente. Vocês não me enxergam?* — Foi até a mesa, pegou uma das pastas de Humbleberg e a jogou contra a parede.

Tinha certeza de que a pasta havia batido na parede, mas, quando olhou para a mesa, viu-a ali, exatamente no mesmo lugar. Pegou-a novamente e tornou a atirá-la. Viu quando ela voou pela sala e atingiu a parede.

Quando olhou para a mesa, porém, notou que ela continuava ali.

Chocado e frustrado, pegou a pasta e a jogou mais uma vez, mas o resultado foi o mesmo. Humbleberg e Margit nem sequer perceberam.

Hilmer suspirou, desesperado.

— Tomara que ele apareça logo – disse Humbleberg, colocando a mão sobre a boca para disfarçar um bocejo.

Fors reapareceu, caminhando pelo corredor com uma aluna loira. Ela usava o cabelo solto, espalhado pelos ombros e pelas costas. Usava uma argola prateada na orelha esquerda.

Fors cumprimentou Humbleberg com um aperto de mão.

— Disseram que Eriksson desapareceu. Isso não é bom.

— Nem um pouco – respondeu Fors. – Ellen tem algo a me dizer que pode ajudar. Será que poderíamos usar sua sala novamente?

— Sim, claro – falou Humbleberg, e fez um sinal para Ellen. – Fique à vontade – acrescentou, pegando a maleta e saindo.

Fors fechou a porta e sentou-se na mesma cadeira que tinha usado, em frente à mesa. Ellen se ajeitou na outra. Ele tirou o caderno da pasta. Abriu em uma nova página, pegou a caneta, escreveu a data, consultou o relógio de pulso e anotou o horário. Observou a garota enquanto pensava e coçava o lóbulo da orelha com a caneta.

– Qual é seu sobrenome, Ellen?
– Stare.

Fors anotou.

– E estuda na sala 9A.
– Fui dormir tarde ontem, me atrasei e só cheguei depois que você falou do desaparecimento de Hilmer.
– Você é amiga dele?
– Estamos namorando.
– Certo. Quando o viu pela última vez?
– No sábado.
– A que horas?
– Pouco depois das seis.
– E até que horas ficou com ele?
– Ele foi embora lá pelas seis e meia.
– Onde se encontraram?
– Em minha casa.
– Onde você mora?
– Em Vreten, perto daqui.

Fors pegou um mapa na pasta e o abriu sobre a mesa.

– Pode me mostrar onde é?

Ellen se levantou.

– Aqui – disse, apontando para uma igreja no vilarejo de Vreten.

– Você mora perto da igreja?

— Minha mãe é pastora.

— Certo – disse Fors, pensando. Olhou novamente para o mapa. – Vallen está aqui. Hilmer mora bem neste ponto. Sua vila fica do outro lado.

— Sim – respondeu Ellen. – Hilmer ia a Vallen e passou por minha casa antes.

— Mas era totalmente fora do caminho dele.

— Só leva alguns minutos para ir de Vreten a Vallen.

— Uns vinte minutos, ao menos – comentou Fors.

— É, creio que é isso.

— Mas por que ele iria à sua casa antes de se dirigir a Vallen?

Ellen hesitou por um instante.

— Falei com ele pelo telefone lá pelas cinco horas e pedi que viesse à minha casa.

— Por algum motivo em especial?

— Não.

Fors observou a garota. Ela usava uma saia preta, uma camisa verde e parecia ansiosa.

— Está tudo bem?

Ellen começou a chorar. Seu nariz e seus olhos ficaram vermelhos.

— O que foi? – perguntou Fors.

— Nada. Estou com medo de que algo mais sério tenha acontecido a Hilmer.

Fors a fitou e pensou em sua filha, que morava com sua ex-esposa e o filho em Estocolmo.

– É muito comum pessoas desaparecerem. Na maioria dos casos elas voltam para casa em poucos dias. Começamos a procurar Hilmer quando a mãe dele nos avisou que o filho não voltara para assistir a seu programa predileto de TV.
– O jogo de futebol – disse Ellen.
– Exatamente – respondeu Fors.
– Ele adora assistir aos jogos – comentou ela.
– E de você? Ele gosta de você? – perguntou Fors.
Ela fez que sim com um gesto de cabeça.
– Há quanto tempo vocês namoram?
– Desde fevereiro.
– Mas não estudam na mesma classe há nove anos?
– Sim.
Fors colocou de lado a caneta e o caderno. Os olhos de Ellen começaram a marejar novamente e seu nariz ficou vermelho.
– Há algo mais incomodando, Ellen?
Ela balançou a cabeça.
– É que estou com muito medo de que algo tenha acontecido a ele.
– O que poderia acontecer?
– Não sei.
– Ele tem algum inimigo?
– Não que eu saiba.
Os dois ficaram em silêncio.
– Bem, acho que é só isso por enquanto – disse Fors. – Qual é o seu telefone?

À medida que ela dizia os números, Hilmer os repetia. Caminhou então em sua direção e tentou pegar seu cabelo, mas a moça pareceu não perceber.

— *Ellen, Ellen, sou eu!*

"*Por que ela não me ouve?*", pensou.

Então, de repente tudo ficou claro. Hilmer começou a entrar em pânico.

Ela não percebia sua presença.

Não percebia que estava bem ali a seu lado.

— *Ellen!*

Sentiu que sua memória oscilava. Em vez da paixão por Ellen, seu coração estava tomado apenas pela dor. Sua cabeça doía, seu rosto e sua boca também. Fors e Ellen não o ouviam. Entendeu que algo mais havia acontecido, além de ter se tornado invisível. Algo terrível... Gritou pela mãe...

— *Mãe!*

Ellen e Fors saíram da sala. Hilmer sentou-se no chão e gritou até não ter mais forças.

Quando enfim pôde se levantar, o diretor Humbleberg entrou. Fechou a porta e se sentou à mesa. Pegou o telefone e discou. Alguém atendeu do outro lado e ele disse, com voz tensa:

— Acordei você?... Sim, sei que horas são. Posso perguntar uma coisa? Você sabia que Hilmer Eriksson desapareceu?

A pessoa do outro lado da linha deve ter desligado nesse momento, pois Humbleberg tirou o fone do ouvido, fitou o aparelho por um instante e colocou-o no gancho. Pegou uma de suas pastas, abriu e fez outra ligação.

— Preciso falar com o senhor Mattson. Não, na imobiliária... Hilmer se levantou e foi até a porta. Nesse momento, percebeu que não precisava abri-la. O simples fato de pensar em estar do outro lado fez com que a atravessasse.

Uma vez no corredor, passou em frente à sala da secretária e dirigiu-se às salas de aula. Tentou se lembrar para qual lado deveria ir, mas não conseguiu. A única imagem que lhe veio à mente foi o quadro branco da sala 9A. Mas bastou se concentrar nisso e viu-se dentro dela.

Todos os colegas, exceto Daniel, estavam em seus lugares. A professora Nyman explicava algo que acontecera no passado, sobre como se pode conhecer a história e as pessoas que viveram em épocas antigas. Bulterman estava lendo uma revista em quadrinhos. Malmsten dormia sobre os braços cruzados na carteira. Ellen, sentada de frente para a professora, olhava para o quadro branco. Hilmer a fitou e tentou chamar sua atenção.

— *Ellen, sou eu.*

Ela, porém, não ouviu.

De repente levantou a mão e disse à professora:

— Preciso ir à enfermaria.

Nyman lhe deu permissão para sair. Ela pegou suas coisas e foi para a porta.

Os dois caminharam pelo corredor, passaram pela frente da sala do diretor e se aproximaram dos armários. Alf Nordström vinha em sua direção. Usava um macacão azul e tinha um cinto de ferramentas ao redor da cintura.

O detetive Fors estava perto dos armários, no final do corredor. Hilmer observou Ellen passar por ele de cabeça baixa.

O detetive a viu e chamou o zelador.

Nordström parou e se virou. Fors se aproximou.

– Meu nome é Harald Fors e estou investigando o desaparecimento de Hilmer Eriksson. Você é Alf Nordström?

– Sim.

– Treinador do BK e zelador desta escola?

– Sim, sou eu. O senhor é policial?

– Sim. Você conhece Hilmer, não?

– Ele joga no time. Vejo-o todos os dias aqui. O que aconteceu?

– Hilmer desapareceu. Você sabe qual é o armário dele?

– Sim.

Nordström seguiu pelo corredor cheio de armários. Parou na frente de um deles, que ficava ao lado de uma janela com vista para o jardim. A porta estava trancada com uma pequena corrente e um cadeado. Alguém escrevera a palavra "traidor" em tinta preta.

– Você pode abrir o armário?

– O garoto desapareceu mesmo?

– Desde sábado. Você pode abrir?

– Tenho que pegar uma ferramenta.

Nordström seguiu pelo corredor e Fors ficou olhando pela janela. O céu acima da floresta estava azul e limpo. As folhas das árvores se mexiam com o vento.

Parado ali, sentindo o cheiro dos produtos de limpeza que haviam sido usados no chão há poucas horas, lembrou-se de seus tempos de estudante. Gostava de jogar xadrez como Hilmer, mas nunca fora muito bom. Já seu pai, que era patrulheiro e inspetor, jogava muito bem. Viajava todos os anos até Estocolmo para participar do campeonato que acontecia na prefeitura. Em uma dessas viagens, Harald pediu para ir junto, não para jogar, mas para assistir. Tinha 15 anos na época. O pai alugou um quarto na rua Agnegatan. Enquanto saíam de sua pequena cidade em direção a Estocolmo, passaram de carro diante da delegacia. Naquele dia, sem saber exatamente por que, Harald decidiu que seria policial. Hoje questionava sua escolha. Virou-se e olhou mais uma vez para o armário de Hilmer.

"Traidor."

Nordström voltou com um alicate grande e o colocou entre os elos da corrente. Apertou a ferramenta e eles se partiram. Puxou-a e retirou o cadeado para abrir a porta.

Hilmer estava bem atrás deles.

"*É melhor eu ficar perto de Fors*", pensou. "*Só assim vou descobrir o que está acontecendo.*"

Observou o detetive examinar o armário, tirando e folheando seus livros e papéis. Havia algumas provas antigas, um calção, um par de meias, o livro de biologia que havia emprestado de Daniel, uma caneta, um baralho e um livro da biblioteca sobre xadrez.

– Você tem um saco ou uma sacola? – perguntou Fors.

Nordström desapareceu novamente pelo corredor e voltou com uma sacola de supermercado na mão. Fors colocou nela provas, livros, calção, baralho e caneta. Depois de ter esvaziado o armário, passou o dedo pela beirada da prateleira antes de fechar a porta.

— Você pode trancá-lo novamente?

Nordström suspirou.

— Vai precisar de mais alguma coisa do armário?

— Não, mas gostaria de falar com você.

— Preciso ir até a escola Hallby daqui a uma hora — disse Nordström, consultando o relógio de pulso.

Fors o observou. Havia dado a seu filho um relógio exatamente igual àquele em seu aniversário de 13 anos, uma semana antes. Funcionava também como cronômetro.

— Sem problema — concordou o detetive. — Não vai demorar.

Nordström foi até sua sala e voltou com uma nova corrente e um cadeado. Fechou a porta do armário e deu as duas chaves a Fors.

— Podemos nos sentar em algum lugar? — perguntou Fors, guardando-as no bolso.

— Vamos à minha sala — respondeu Nordström.

Levou-o a um aposento feito com divisórias e meia-parede de vidro, no final do corredor. Enquanto Fors caminhava, a sacola de plástico batia em sua perna, fazendo barulho.

— Há muitos alunos nesta escola?

— Quatro classes por série.

Fors lembrou-se novamente de sua época de estudante. O colégio também tinha quatro salas por série. Em sua classe estudavam os melhores alunos de ciências e de disciplinas técnicas da área de engenharia.

– Turma D – informou aos pais quando chegou em casa, após o primeiro dia de aula. – É uma sala de alunos muito esforçados. Segundo os professores, seremos capazes de assimilar e desenvolver muitas habilidades. – Fors gostava de comparar tudo na vida a um jogo de xadrez.

Antes de chegarem à sala, Nordström parou diante de um garoto bem magro, sentado perto do aquecedor, entre a última fileira de armários e a porta de sua sala. O menino os cumprimentou levantando a mão.

– Descansando da aula, Mahmud? – perguntou Nordström. Mahmud olhou para o chão, em silêncio. – Este garoto sempre vem se esconder aqui. Balançou a cabeça, pegou um molho de chaves no bolso e abriu a porta. – Entre – disse a Fors. E fechou a porta.

Um rádio sobre uma prateleira tocava música estilo *country*.

– Dolly Parton – disse Nordström, aumentando um pouco o volume. Pegou uma garrafa térmica que estava sobre a mesa e ofereceu: – Aceita um café? Há uma xícara limpa na prateleira. Também tenho leite, se quiser – anunciou, pegando outra garrafa térmica igual à de café.

– Como você sabe em qual delas está o leite? – perguntou Fors, sentando-se em uma pequena poltrona com tecido já bastante gasto, a um canto.

Nordström apontou para um pequeno pedaço de fita azul na tampa da garrafa que tinha na mão. Pegou então uma xícara, destampou a garrafa e serviu café para os dois.

— Leite?

— Sim, obrigado.

O zelador acomodou-se em uma cadeira com rodas nos pés. Esticou-se um pouco para trás e ergueu a xícara para uma mulher de cabelo preto que passava pelo corredor levando um saco de lixo e que os viu pelo vidro.

— Então Eriksson desapareceu?

— Desde sábado.

— Eriksson é um bom garoto.

— Ouvi dizer que ele gosta de jogar como goleiro.

Nordström riu.

— Jogar ele não joga, mas bem que tenta. Prefiro deixá-lo no gol do que atrapalhando o jogo no meio do campo. Alguns meninos não levam o menor jeito para futebol. Deviam escolher outras atividades ou esportes.

— Que tipo de talento ou habilidade você acha que ele tem?

— Não sei ao certo – respondeu Nordström com um trejeito. – Acho que nem ele mesmo sabe. É muito jovem para decidir. Eu também não fazia idéia do que ia ser, quando tinha a idade dele.

— Bem, mas Hilmer está no time, certo?

— Sim. E nunca falta aos treinos. É muito responsável. Já foi até escoteiro. – Nordström se inclinou para a frente. – Sabe por que é bom haver tantos homossexuais neste mundo? De onde mais eles tirariam tantos líderes de escotismo? – Deu uma gargalhada estrondosa e bateu na perna com a mão.

Fors nem sequer esboçou um sorriso.

— Acho ótimo que haja tantos molestadores sexuais por aí. De onde mais viriam os zeladores de escolas, não? — provocou.

Nordström parou imediatamente de rir.

— Você vai encontrar o garoto, não?

— Sim — respondeu Fors, tomando o café. — Você se lembra de como foi o treino de sábado?

Nordström se inclinou para trás, quase tirando do chão as rodinhas frontais da cadeira. Voltou então para a frente e tomou um gole de café.

— Temos um treinamento bastante puxado aos sábados. Fazemos corridas pela floresta. Há uma colina lá no meio então a descemos e subimos cinco vezes. Isso deixa os garotos exaustos. Eles voltam se arrastando, mas não os deixo parar. Vamos direto para a pista de cascalho fazer mais exercícios. A maioria está muito fora de forma. Alguns até fumam. Acho que as regras aqui na escola deveriam ser mais rígidas. Quem fuma deveria ser proibido de jogar. Mas as coisas nem sempre são como deveriam. Esta é uma escola pública, comunitária e todos acabam tendo direito de participar. Veja o caso daquele menino imigrante sentado aí fora.

Apontou para o garoto chamado Mahmud.

— Ele mata a maior parte das aulas. Fala muito mal nossa língua, mesmo morando aqui a maior parte da vida. Quando for procurar emprego com certeza não vai conseguir quem o contrate. Então a comunidade terá de sustentá-lo. Provavelmente irá constituir família, que será sustentada por nós. Há muita gente preguiçosa por aí. É isso que eu acho.

— O que vocês fizeram no sábado depois dos exercícios? — perguntou Fors.

— Deixei-os fazendo alongamento. Depois tomaram banho e foram embora.

— E você?

— Fiquei aqui no escritório.

— Não tomou banho?

— Não. Só troquei de camisa. Prefiro tomar banho ao chegar em casa.

— Por quê?

Nordström não entendeu direito a pergunta.

— Como assim?

— Você correu e fez todos os exercícios com eles. Por que não tomou banho?

— Não disse que não tomei banho. Disse que deixei para fazer isso em casa.

Fors tirou o caderno da pasta e anotou a data e o horário.

— O café está muito bom — comentou.

Nordström sorriu, ainda um tanto contrariado.

— Você viu a hora em que os garotos foram embora? — perguntou Fors.

— Vi quando alguns deles saíram.

— Quais?

— Peter Gelin foi o primeiro. Depois vários saíram juntos. Creio que Hilmer estava com eles. Acabou de ganhar uma bicicleta. Vi quando passou pelo portão, antes dos outros.

— Tem certeza?

Nordström balançou a cabeça, confirmando.

— Ele saiu logo depois de Peter em um grupo de sete ou oito meninos. Não vi os outros.

— Quantos vieram para o treino?

— Todos. São vinte e três.

Fors apontou para Mahmud, que ainda estava sentado do lado de fora da sala.

— Ele também joga?

— Não no BK.

— Há algum filho de imigrante no time?

— Não.

— Por que não?

— Eles têm um time próprio.

— Um time próprio?

— Sim. Eles moram em Sållan. E por mim ficariam somente por lá. Assim não me encheriam a paciência.

— O BK costuma jogar contra o time deles?

— Claro que sim.

— E quem vence?

— Depende.

Fors fez mais algumas anotações.

Hilmer, em pé no canto da sala, colocou as mãos na cabeça, tentando se lembrar de sua nova bicicleta. Será que tinha mesmo uma? Por mais que se esforçasse, sua memória não parecia funcionar. Sentia muita dor na cabeça e no rosto. Tinha vontade de gritar.

Nordström consultou mais uma vez o relógio.

— Tenho de ir a Hallby agora. Vou pegar algumas ferramentas para levar. Se tiver mais perguntas, pode me procurar. Fico a maior parte do tempo aqui na escola Lugnet, mas hoje estarei em Hallby até as quatro horas.

Fors se levantou.

— Obrigado pelo café. — Colocou a xícara sobre a mesa. Na verdade, era uma caneca de cerâmica branca com uma figura do Pato Donald. — Costuma haver pichadores na escola?

— Como em todas as escolas.

— E você já sabe quem são?

— É muito difícil descobrir esse tipo de coisa. Mas tenho uma boa idéia de quem possam ser.

Fors abriu a porta e saiu com a sacola na mão. Passou por Mahmud, que continuava sentado no chão.

Hilmer o seguiu, com as mãos na cabeça.
Seus dentes!
Seus lábios!

— Como vai? — perguntou Fors.

Mahmud olhou para o detetive, um tanto desconfiado.

— Você não deveria estar assistindo à aula?

O garoto deu um risinho debochado.

— Meu nome é Harald Fors. Sou policial.

— Hã-hã.

— Por que não está na sala de aula?
— Por que está tão preocupado comigo?
Fors olhou para o garoto.
— O que está olhando?
— Você.
— Pois olhe quanto quiser — disse Mahmud.
— Você sabe quem anda pichando as paredes da escola?
— Todo mundo.
— Todo mundo?
— Sim.
— Isso inclui você?
— Sim.
— Por acaso sabe quem escreveu "traidor" na porta do armário de Hilmer Eriksson?
Mahmud se levantou.
— Eu é que não fui.
Virou-se e saiu andando.
— Você conhece Hilmer? — perguntou Fors.
Mahmud não respondeu.
Fors caminhou até o armário de Hilmer. Ficou parado, observando a porta pichada. As portas de todos os armários eram pintadas de cores variadas. A maioria estava riscada e desgastada, mas a de Hilmer parecia ter sido pintada recentemente.

Fors foi andando pelo corredor com a sacola na mão e saiu pela porta principal. Parou, então, para ler a frase "Nyman é uma prostituta" pichada na parede. As letras eram mal escritas, mas podia-se ler claramente.

Ficou ali por alguns instantes, pensando. Um vento forte começou a soprar, balançando as folhas e os galhos das árvores. Uma nuvem de poeira se espalhou pela calçada, forçando Fors a fechar os olhos para protegê-los.

Quando o vento diminuiu, caminhou até o estacionamento, entrou no carro e foi embora.

Hilmer Eriksson entrou no carro e se colocou no assento do passageiro. Os pensamentos de Fors estavam concentrados nele. Hilmer não conseguia entender. Era algo inconcebível. Estava nos pensamentos de Fors, a seu lado em todos os momentos, ainda assim continuava invisível.

Mas você pode vê-lo.

Consegue enxergar seu rosto destruído.

O que tinham feito com seu rosto?

Fors ouvia o rádio do carro enquanto se dirigia ao distrito. Dois detentos haviam escapado. Ameaçaram um ornitologista em um parque, com uma faca, e tentaram pegar as chaves de seu carro. O ornitologista conseguira escapar e a polícia estava à procura dos marginais.

Fors mudou de estação. Ouviu-se uma canção de Elvis Presley: "*You ain't nothing but a hound dog*".

O policial Johan Nilsson, com as mangas da camisa arregaçadas, esfregava uma panela na pia da cozinha da delegacia quando Fors chegou. Era uma casa contígua à da prefeitura, no mesmo terreno. Nilsson estava a poucos meses de se aposentar. Trabalhara a vida toda como policial. Tinha cabelo branco e a expressão de alguém que possivelmente gostava de beber.

– Quer café? – perguntou.

– Não, obrigado. Acabei de tomar.

Fors sentou-se à mesa e abriu seu mapa da região.

– Eriksson saiu de bicicleta de sua casa, aqui em Lugnet, e foi até Vreten – disse.

Nilsson colocou a panela no escorredor.

– Não foi isso que seus pais disseram. Segundo eles, o garoto ia para Vallen.

– Sim, ia, mas passou por Vreten primeiro. Foi visitar a namorada.

– Então os pais não sabiam disso – concluiu Nilsson.

– Mas que caminho ele deve ter feito se estava com pressa?

– Deve ter seguido pela margem do rio Grayling.

– Onde é isso?

Nilsson pendurou o pano de prato sobre o aquecedor, para secar, e se aproximou da mesa. Apontou no mapa com seu indicador curto e grosso.

– Fica por aqui. Deixe-me pegar os óculos.

Foi até a recepção e pegou um par de óculos baratos, vendidos em farmácias. Debruçou-se sobre o mapa.

— O rio passa por aqui. Seis anos atrás eles ampliaram a trilha que corre ao lado, construíram pontes em dois lugares e espalharam cascalho para facilitar a circulação. Disseram que seria um local muito apropriado para fazer caminhadas. Não sei se a população utiliza a trilha com muita freqüência, porém pode-se cortar caminho de bicicleta entre os dois vilarejos indo por ali.

— Há casas ou prédios na área? – perguntou Fors. – Isto se parece com uma casa.

— Sim, há algumas casas de veraneio. O diretor do conselho municipal, Olle Berg, tem uma casa entre Flax Creek e Grayling. Também há uma casa de campo ali perto.

Fors se levantou e foi para a recepção. Telefonou para seu comandante em Aln.

— Alô, aqui é Fors. Preciso de alguns homens e de cães.

— Já temos homens e cães perto do lago – respondeu seu superior, Hammarlund. – São dois.

— Certo, mas quando estarão disponíveis?

— Provavelmente hoje à noite. Como está a investigação?

— O garoto desapareceu depois de sair de casa de bicicleta. Ia voltar para assistir a um jogo de futebol mas ninguém mais o viu. As probabilidades são as piores possíveis.

— Ligue para Söderström. Peça-lhe que o procure assim que terminar o serviço perto do lago. Não há outra pessoa disponível hoje.

— Vou telefonar para ele.

— Faça isso.

Fors tirou uma pequena agenda de telefones do bolso interno de seu casaco, localizou um número e discou. Uma secretária eletrônica atendeu. Ele deixou uma mensagem, desligou e voltou à cozinha. Nilsson colocou café em uma xícara e se sentou para comer um salgado.

— Quer um pedaço? — ofereceu.

— Não, obrigado. Estou em dieta.

— Dieta? — respondeu Nilsson, rindo. — Acho que você não precisa *mesmo* emagrecer. Eu é que preciso. Veja isto. — E pegou em sua barriga. — Mas não estou com a mínima vontade de fazer regime agora.

Fors se sentou e perguntou:

— Conte-me de novo. Como foi a primeira ligação dos pais para cá?

— Foi sábado à noite. Eu estava de folga e eles telefonaram para a minha casa.

— Ninguém estava aqui de plantão?

— Costumamos fechar aos sábados quando a semana está calma e nada de diferente acontece. Se há alguma emergência, os policiais da cidade vêm até aqui.

— Então você estava de folga.

— Sim. Assisti ao jogo de futebol, fui dar uma volta com meu cão, voltei e assisti a um filme no canal 4. Foi então que ela telefonou.

— A senhora Eriksson?

— Sim.

Nilsson mordeu o salgado e continuou, enquanto mastigava:

— Bem, já lhe contei essa parte. Ela estava preocupada porque o filho ainda não tinha voltado para casa. Fiquei de iniciar uma busca caso ele não aparecesse até a manhã de domingo. Ela ligou novamente de manhã, às sete e meia. Estava irritada. Já tinha telefonado para a delegacia da cidade também. Falou com Hammarlund e criou uma grande confusão. Fui até sua casa. Hammarlund já tinha enviado duas policiais, então iniciamos as buscas com quatro pessoas e um cão. Procuramos em toda Wallen, ao redor do campo de futebol, e falamos com um garoto chamado Ols. Eu já o conhecia da Guarda Nacional. É um bom garoto. Viu quando Hilmer saiu de Vallen de bicicleta. Ao que tudo indica, foi direto para casa. Mas, como esqueceu a toalha, a mãe pediu que voltasse para pegá-la. Ele tentou argumentar, dizendo que a pegaria na segunda-feira. Mas a toalha era nova e a mãe não queria que sumisse. O pai o observou sair de bicicleta nova. Ninguém mais o viu desde então.

— Exceto Ellen Stare.

— A filha da pastora?

— Ele foi até a casa dela.

— A mãe de Hilmer não mencionou isso. Pensou que ele tivesse ido direto a Vallen.

— Podemos ir até a margem do rio para investigar?

— Claro.

Nilsson engoliu o resto do salgado, tomou um gole de café, levantou-se e foi até a pia lavar as mãos. Desenrolou as mangas da camisa, vestiu o casaco e colocou o cinto com a arma, uma lanterna e um canivete. Pegou o celular, colocou no bolso interno do casaco e saiu com Fors. Trancou a porta e entrou na viatura, um Volvo com luzes azuis em cima e adesivos laterais com o logotipo da polícia. Fors o seguiu em seu carro.

Sem saber, levavam o garoto invisível chamado Hilmer Eriksson. Ele estava no carro de Nilsson enquanto este seguia em silêncio pelas ruas até chegar à beira do rio.

O garoto desaparecido jamais havia desaparecido. Estava ali mesmo, bem junto deles.

Podemos esconder algumas coisas, mas jamais as esquecemos.

Nilsson estacionou em uma área aberta onde havia quatro mesas, alguns bancos, uma grande lata de lixo, um banheiro público e uma placa em que se lia "Rio Grayling: dois quilômetros".

– Daqui para a frente temos de seguir a pé – avisou Nilsson.

– Vai ser bom fazermos uma caminhada – disse Fors. – Ajuda a queimar gordura. Melhor mesmo seria se corrêssemos um pouco.

– Correr? – perguntou Nilsson, rindo. – Só se for para ir ao banheiro.

Os dois se puseram a caminhar, atravessando o estacionamento.

– Berg disse que muitos turistas param aqui. É um estacionamento com cinqüenta vagas. Mas a única vez que vi mais de dez pessoas por aqui foi quando ele deu uma festa em sua casa, aqui perto.

Entraram na trilha e continuaram a caminhar. Era uma via bem cuidada, com mais de dois metros de largura.

Nilsson apontou:

– Está vendo aquela pedra grande ali? Foi onde beijei uma garota pela primeira vez.

– Sério? Então você é daqui mesmo?

– Sim. Morei aqui a vida toda. Só fiz os cursos na academia de polícia de Estocolmo e servi lá durante dois anos. Depois voltei para cá. Éramos três oficiais. Ninguém veio de Aln. Mas, com exceção de alguns problemas nos parques da cidade com pessoas que bebem um pouco a mais no verão, um assassinato em 1967 e alguns assaltos, nada sério acontece por aqui. Se algo parece errado, basta sair do carro perguntando "O que está acontecendo?" e tudo volta ao normal. Nos anos 1960 havia uma pequena gangue no bairro. Costumavam acampar no terreno em que deixamos os carros agora, que hoje é um estacionamento. Em um final de semana fizeram uma grande algazarra. A filha do gerente de uma empresa de corte e processamento de madeira aqui da região, que tinha 14 anos e era muito rebelde, logo ficou amiga deles. O pai me telefonou uma noite e pediu que eu fosse buscá-la no acampamento. Como ela era menor de idade, vim com Burgman, um policial que já trabalhava aqui há mais tempo. O homem parecia uma árvore, tão grande que era. Saiu da viatura e foi caminhando em direção ao acampamento. Havia garotas nuas por toda parte. A filha do gerente se chamava Charlotte. Burgman parou no meio das barracas, segurando o cassetete, e gritou: "Hora de ir para casa, Charlotte!" Um dos garotos, que usava costeletas, saiu e o ameaçou com um pedaço de pau. "Experimente", disse Burgman, com um sorriso nos lábios. O garoto se afastou e ele gritou novamente: "Lotte, hora de ir! Agora!" A menina saiu de uma barraca usando apenas roupas de baixo e correu em direção à viatura. O rapaz que havia ameaçado Burgman voltou, dessa vez com seus amigos, e ameaçaram Burgman com garrafas na mão. Hoje é engraçado lembrar, mas na hora confesso que fiquei apavorado. Entramos na viatura e saímos debaixo de uma chuva de garrafas. Uma delas arrebentou o vidro traseiro do carro.

Nilsson parou um instante para descansar.

– Hoje somos mais cuidadosos. Mês passado prendemos um garoto na boate Walpurgis Night. Estava completamente bêbado e tinha na cintura uma faca de destrinchar peixe, muito afiada. E outra no cano da bota. Disse que as usava para se defender. Tem 13 anos.

Pararam novamente no ponto onde o rio saía da floresta. Era um rio pequeno, de água bem clara.

– Berg pesca trutas neste rio no fundo de seu quintal.

Continuaram pela trilha. O vento balançava os galhos das árvores e havia muitas folhas espalhadas pelo chão.

— O que estamos procurando exatamente? — perguntou Nilsson.

— Não sei — respondeu Fors. — Eu só queria olhar o local. O garoto passou por aqui. Se alguém tinha a intenção de feri-lo ou matá-lo, este seria um lugar ideal.

— Com certeza — concordou Nilsson. — Quase ninguém vem para estes lados a não ser no verão, quando se torna um local de lazer.

— Lazer?

— Sim, um ponto de encontro para quem não tem o que fazer, como adolescentes rebeldes. Mas é só durante o verão. Berg reclama bastante quando eles se reúnem aqui. Já invadiram sua casa. Ele tem uma adega na casa de verão. Da última vez levaram doze garrafas de Chablis que ele estava guardando para tomar com os amigos depois da pescaria.

Passaram por um banco feito de tábuas rústicas e cimento.

— Os bancos de Berg. Os arruaceiros costumam ficar aqui, bebendo.

Continuaram a caminhar. Fors pediu para usar o celular de Nilsson. Telefonou para Söderström e combinou um encontro na delegacia entre três e quatro horas.

— Encontraram os fugitivos? — perguntou Nilsson quando ele desligou.

— Parece que sim.

Havia pontas de cigarro perto do primeiro banco e dos outros, mais adiante, e latas de cerveja à beira do rio, que era bem mais largo naquele trecho. Podiam-se ver os bancos de areia nas bordas. No lado em que caminhavam, a água não chegava a um metro da borda. Já na outra margem, o rio parecia bem mais fundo.

— Acha que algo ruim pode ter acontecido ao garoto? — perguntou Nilsson enquanto Fors examinava a profundidade da água.

— Não faço idéia. O que você acha?

— Outro garoto desapareceu no verão passado, durante quatro dias. Quando voltou para casa não quis dizer onde tinha ido, o que tinha feito ou por que havia desaparecido. Tinha 15 anos.

— Você conhece Alf Nordström?

— Sim. O pai dele é sentinela.

— E o que acha dele?

— É solteiro e um tanto exibicionista. Mas nunca se meteu em encrenca, ao menos não que eu saiba.

— Preciso falar com ele novamente. Você pode me fazer um favor? Volte para o carro e vá para o outro estacionamento, no final desta trilha. Quero ir a pé até lá, para tentar achar pistas. Nos encontramos lá.

— Sim, sem problema — disse Nilsson. E voltou para o carro.

Fors continuou a caminhar. Passou por uma casa e imaginou que fosse a de Berg. Do outro lado havia uma casa menor, pintada de marrom e não muito bem cuidada. O telhado estava coberto de folhas e galhos dos pinheiros ao redor. Fors se aproximou e olhou pela janela. A porta da frente e a da cozinha encontravam-se bem fechadas, com travas de metal. As janelas também estavam inteiras, sem vidros ou madeira quebrados. O jardim tinha alguns cogumelos de cimento como enfeite, pintados com expressões sérias e ameaçadoras. Mas a pintura já se mostrava um tanto descascada.

Enquanto examinava o terreno, um homem alto e forte saiu da floresta e veio em sua direção.

– O que está fazendo aí? – perguntou, com um ancinho na mão e ar ameaçador.

Fors mostrou seu distintivo.

– E você? – perguntou, guardando-o no bolso.

– Eu moro aqui.

– Seu nome é Berg?

– Isso mesmo.

– O conselheiro que toma as decisões.

– É o que andam dizendo?

– Foi o que ouvi.

– As pessoas dizem muita bobagem. Gostaria que a polícia tivesse vindo quando tive problemas com os invasores, algum tempo atrás. Na época vocês nem apareceram.

– Nilsson não veio?

– E desde quando ele resolve alguma coisa? Alguém da cidade poderia ter vindo. Mas duas viaturas cheias de policiais chegaram correndo quando incendiaram uma cruz em Sållan, há três anos. Parece que só se importam quando algo acontece com pessoas ou em lugares importantes. Nós, mais pobres, somos ignorados.

– O que aconteceu com a cruz?

— Você não se lembra?

— Estava trabalhando em Estocolmo na época.

— Alguns garotos colocaram fogo em uma cruz perto do abrigo dos imigrantes. Todos os jornais anunciaram o que aconteceu. E muitos nos descreveram como monstros.

— Uma mulher também foi queimada, não?

— Isso foi exagero. Foi uma leve queimadura no braço. Pode acontecer a qualquer um até em um acidente doméstico.

— Levantou a mão e mostrou a marca de queimadura que tinha.

— Bem, você perguntou o que estou fazendo aqui, certo?

— Eu já sei. Está procurando Eriksson.

— Você o viu?

— Não. Faz tanto tempo que não vejo aquele garoto que nem sei se o reconheceria.

— Quando você o conheceu?

— Ele era escoteiro quando menino. Veio até meu escritório um dia, mas faz muitos anos. Estava vendendo jornais.

— E você comprou?

— Não.

Hilmer Eriksson encontrava-se ao lado deles. Gritou, puxou seus braços e apontou para o monte de adubo no canto do jardim. Mas, como estava invisível, nenhum dos dois percebeu. Hilmer permanecia como mero expectador, em busca de si mesmo.

Seu rosto estava mutilado.

Seus lábios destruídos.

Havia sangue em sua camisa.

Estava sem um dos sapatos.

– Que tipo de lugar é este? – perguntou Fors.

– Como assim? – respondeu Berg, olhando fixamente para ele e se apoiando no ancinho.

– De que as pessoas vivem, aqui?

– Do processamento de madeira e da Welux, que produz sistemas hidráulicos e de freio. A exploração da madeira deve diminuir em breve. Estamos tentando ampliar o turismo na região, pois é uma área muito bonita. E nos concentramos mais na caça e na pesca. Há uma espécie de truta muito saborosa aqui, mas em alguns países esse tipo de pesca é proibido. Muita gente fica maluca quando descobre que aqui isso não é ilegal. Querem vir, pescar, acampar, assar o peixe na brasa, fazer sanduíches e continuar pescando. Os alemães, por exemplo, adoram pescar. E, se ainda têm a sorte de ver um alce na floresta enquanto pescam, ficam ainda mais contentes.

– E em Sållan?

– Há muitas pessoas em asilos e imigrantes por lá. É difícil fazer os imigrantes trabalhar. A população reclama muito disso. Acha que são preguiçosos e vivem de caridade. O nível de desemprego é de mais de sessenta por cento. Mas também temos problemas aqui em Vallen. Um grupo de jovens imigrantes nos causou muito prejuízo algum tempo atrás. Mas parece que o país inteiro tem o mesmo problema.

Berg fez uma pausa e continuou:

— Bem, o jardim não vai ficar pronto se eu continuar parado, conversando. Tenho de queimar esta pilha de folhas secas. Já devia ter feito isso há duas semanas, mas quando se trabalha com política não sobra muito tempo para cuidar de suas coisas. Espero que encontrem o garoto.

— Vamos encontrar. Cuidado para não se queimar de novo.

Berg dirigiu-se à pilha de galhos e folhas secos. Fors o observou acender o fogo e depois voltou a caminhar pela trilha. Berg tinha razão. A região era mesmo muito bonita.

Chegou a uma ponte que atravessava o rio e dava acesso a Flax Creek. Saiu da trilha e foi para a beira do rio, onde duas correntes se encontravam. O rio era mais profundo naquele ponto. Inspecionou a área mas não encontrou nada que chamasse sua atenção. Voltou para a trilha, atravessou a ponte e percebeu que, mais adiante, havia outra. Atravessou-a e viu que dava em um estacionamento ainda maior do que aquele onde parara seu carro. A viatura estava ali, à sua espera.

— Encontrou alguma coisa? — perguntou Nilsson quando Fors entrou no carro.

— Não. Você pode me levar até a escola Hallby?

— Sim — disse Nilsson enquanto dava partida no carro e saía para a estrada.

— Encontrei Berg — comentou Fors. — Estava queimando uma pilha de folhas.

— Não devia fazer isso em um dia de tanto vento como hoje. Tivemos três incêndios no ano passado, nesta mesma época. Não foram muito sérios nem se espalharam, mas nunca se sabe o que pode acontecer.

– Talvez Berg esteja cansado – disse Fors.

– Como assim?

– Algumas pessoas se cansam da monotonia da vida e decidem fazer alguns estragos, para variar.

– Berg não é desse tipo. Pode ser um tanto grosseiro, mas não é má pessoa.

Nilsson ligou o rádio, em um programa de música popular.

– Lembra-se dessa?

– Sim – respondeu Fors. – Eu tinha 15 anos quando essa canção foi lançada. Meu pai jogava xadrez na época. Pedi a ele para comprar um gravador e toca-fitas.

– Um gravador e toca-fitas – murmurou Nilsson. – Faz tanto tempo que não vejo um desses...

Os dois foram ouvindo música até chegarem à escola.

– Não vou demorar – disse Fors ao sair do carro. – Pode esperar aqui, se quiser.

Nilsson fez que sim com a cabeça. Fors fechou a porta e entrou na escola.

Era um prédio de três andares. Na porta principal, um provérbio sueco estava gravado acima da entrada: "A melhor qualidade que se pode ter na vida é o bom senso".

As crianças deviam ter dificuldade de abrir aquela porta pesada, pensou Fors. Seus passos ecoaram no corredor. Um grupo de alunos vinha descendo a escada. Pareciam estar indo à lanchonete. Fors observou as mulheres que trabalhavam ali, vestindo avental, camisa branca e um lenço no pescoço. O cheiro do lanche e do peixe frito se espalhavam por toda a escola.

— Vou à diretoria — disse Fors a uma delas.

— Segundo andar — a mulher respondeu.

Nordström saía de uma pequena sala, perto da dele. Carregava um rolo de fios elétricos.

— Alf, preciso falar com você novamente.

— Pode esperar um instante?

— Não. Precisa ser agora.

Nordström foi para uma das salas e Fors o seguiu. Era um aposento pequeno, com uma janela, uma mesa com telefone e alguns armários cheios de pastas. Uma mulher estava sentada à mesa, escrevendo em uma agenda. Nordström colocou o rolo de fio sobre um dos armários enquanto Fors apresentava à mulher seu distintivo.

— Se nos der licença, vamos precisar desta sala por alguns minutos — disse.

A mulher pegou alguns livros, olhou para Nordström e saiu. Fors fechou a porta e se virou para o zelador, que abria uma latinha de rapé.

— Quantos alunos estudam na escola de Hilmer?

— Já lhe disse. São quatro classes por série. Mais de trezentos alunos.

— E cada um tem armário próprio?

— Claro. — Nordström coçou o queixo e guardou a latinha no bolso.

— Como você sabe qual armário é de quem?

— Tenho uma lista.

— Então não há como saber, à primeira vista, de quem é determinado armário?

— Nem tenho que saber, certo?

— Mas sabia qual era o de Hilmer.

— Sim.

— Como?

— Sei quais são os de alguns alunos.

— E de quem é o armário que fica ao lado do dele?

— Preciso verificar na lista.

— Como sabia qual era o de Hilmer?

Nordström suspirou.

— Isso é mesmo importante?

— Por favor, responda.

— Não sei. Simplesmente me lembrava que aquele armário era dele.

— Parece que a porta foi pintada recentemente.

— É mesmo?

— Você a pintou?

— O que é isso? Um interrogatório?

— Pode chamar do que quiser. Apenas responda à pergunta que lhe fiz. Você pintou ou não o armário de Hilmer?

— Sim, pintei faz algum tempo.

— Quando?

— Há duas semanas.

— Por quê?

— Porque estava precisando de pintura.

— Nenhum outro armário foi pintado recentemente. Por que só o dele?

— Já disse.

— Não, não disse. Por que pintou a porta do armário?

Nordström tirou um pouco de rapé dos lábios e jogou na lata de lixo.

— Você tem o direito de me forçar a responder?

— Posso lhe enviar uma intimação para comparecer à delegacia, se preferir.

— Alguém escreveu bobagens na porta do armário de Hilmer.

— Quem?

— Como vou saber?

— Que tipo de letra ou desenho usaram?

— Era uma cruz.

— Que tipo de cruz?

— Uma suástica.

— De que tamanho?

— Uns quinze centímetros de diâmetro.

— De que cor?

— Preta.

— Algo mais além da cruz?

— Havia três letras também.

— Quais letras?

— O.V.H.

Fors olhou em volta, procurando um pedaço de papel. Havia uma pilha de papel para fotocópia em um dos armários. Pegou uma folha, colocou-a na mesa e tirou a caneta do bolso.

— Desenhe a suástica, do mesmo tamanho daquela que foi pintada na porta do armário.

— Não sou bom em desenho.

— Podemos raspar a tinta na porta do armário, se você preferir.

Nordström desenhou. A suástica ocupou a página inteira.

— Era mais ou menos assim.

Fors pegou o papel, dobrou duas vezes e o colocou no bolso. Pegou outra folha em branco e a pôs na mesa.

— Agora as três letras.

Nordström desenhou as três letras, O.V.H., uma ao lado da outra. Fors dobrou e guardou a segunda folha também.

— Obrigado.

— Terminou?

Fors ficou em silêncio.

— Terminamos? — repetiu o zelador.

— Por que não me contou isso antes?

— Nem pensei nisso.

— O que fez além de pintar a porta para cobrir a suástica?

— Não entendi.

— Não avisou à administração que alguém havia feito aquilo na porta do armário de um aluno?

— Sim.

— Com quem falou?

— Humbleberg, o diretor.

— E o que ele disse?

— Pediu que eu pintasse a porta.

— Você já teve de pintar paredes ou portas para esconder suásticas antes?
— Acho que sim.
— Quando?
— Já faz algum tempo.
— Onde?
— Nos armários, no corredor da sala dos professores e no ginásio.
— E quem lhe pediu para encobri-las com tinta?
— Humbleberg.
— Quando as suásticas começaram a aparecer?
— Há vários anos.
— Onde?
— A primeira foi no corredor da sala dos professores. Alguém as desenhou nas caixas de correio deles.
— Em todas?
— Na maioria.
— A polícia foi informada?
— Não sei. Como foi um dano à escola, provavelmente sim.
— E depois?
— Um dia pintaram uma bem grande na parede do ginásio. Foi mais ou menos na mesma época das caixas de correio.
— De que tamanho?
— Tinha quase um metro de diâmetro. E foi pintada no alto da parede, provavelmente com a ajuda de uma escada.
— E depois nos armários?
— Sim.

— Onde exatamente?

— Em alguns.

— De quem?

— De alguns alunos imigrantes.

— Quando foi isso?

— No ano passado.

— Obrigado. Terminamos.

— Posso ir agora?

— Sim.

Nordström pegou o rolo de fio e desapareceu no corredor.

No estacionamento, Nilsson esperava no carro, com as janelas abertas, ouvindo no rádio um programa sobre as ilhas Feroé.

— Tenho bifes de alce na delegacia, se quiser almoçar comigo — convidou quando saíram do estacionamento. — E batatas, picles, algumas frutas. Dá para nós dois.

— Gostei do cardápio.

— Descobriu alguma coisa?

— Nordström já teve de pintar muitas portas e paredes para encobrir suásticas pichadas na escola.

— É uma situação bem complicada — disse Nilsson, dirigindo rápido, como se a viatura fosse um carro esportivo.

— Isso acontece muito por aqui?

— Acontece em todo lugar.

— Foi você quem investigou esses danos na escola Lugnet alguns anos atrás?

— Não.

— Tem certeza?

— Nunca investiguei aquela escola.

— Mas alguém pintou uma suástica na parede do ginásio.

— Nunca ouvi falar nisso.

Os dois ficaram em silêncio por alguns instantes.

— O que você sabe sobre o diretor Humbleberg? — perguntou Fors.

— Ele é filho de fazendeiros. Os pais ainda moram na fazenda. Há uma floresta na propriedade, em Flax Creek. Venderam os animais que tinham por lá. Humbleberg é muito ativo no Partido Central da cidade e amigo de Berg, embora os dois já tenham discutido algumas vezes por motivos políticos. Não é de beber e fez como eu: saiu da cidade para estudar, mas voltou. Foi professor durante algum tempo e é diretor há cinco anos. Dizem que é um bom homem.

— E você, o que acha dele?

— Caçamos juntos às vezes. Ele acertou um alce na última vez; o maior alce que já vi. Outro dia fomos caçar na fazenda de seus pais. Para mim, parece um bom sujeito.

Nilsson parou no estacionamento perto da prefeitura.

— Veja o carro de Berg — disse, apontando para um Volvo vermelho.

"Será que ele já terminou de queimar todos aqueles galhos e folhas?", pensou Fors.

— Onde pode estar a bicicleta? — perguntou.

— A do garoto? Se ele se meteu em alguma encrenca durante o caminho, provavelmente está no fundo do rio.

Quando chegaram à delegacia, Nilsson foi imediatamente para a cozinha, preparar a comida. Fors deu um telefonema. A pessoa atendeu quase imediatamente.

— Eriksson — respondeu uma voz feminina e tensa do outro lado.

— Meu nome é detetive Harald Fors. Estou à frente das investigações sobre o desaparecimento de Hilmer. É a senhora Eriksson quem fala?

— Sim. Vocês o encontraram?

— Não, ainda não. Podemos conversar agora à tarde?

— Sim. A que horas?

— Dentro de uma hora está bom?

— Sim. Estarei em casa.

Fors percebeu que ela estava à beira das lágrimas.

— Vamos encontrá-lo — garantiu. — Já pedimos policiais com cães para fazer uma busca esta tarde. Com certeza irão encontrá-lo.

— Foi o que Nilsson disse — respondeu ela.

— Estarei aí em uma hora.

Enquanto Fors falava com Anna Eriksson, Hilmer ficou a seu lado. Tentava desesperadamente se lembrar do rosto da mãe, do pai e da irmã, Karin, mas não conseguia. Tudo o que sentia era uma grande dor.

A dor da invisibilidade.

A dor de um corpo dilacerado.

A dor da impotência.

Fors abriu sua pasta e tirou o caderno. Anotou novamente a data e a hora e descreveu a caminhada pela trilha ao longo do rio e a visita à escola Hallby.

Pegou então a sacola e espalhou sobre a mesa os pertences que estavam no armário de Hilmer. Folheou o livro de xadrez e se lembrou que era o mesmo que seu pai tinha. Havia lido o livro quando criança e tentava repetir as jogadas famosas que aprendeu.

— A comida está pronta! – anunciou Nilsson da cozinha.

Fors foi se sentar com ele. A janela da cozinha estava aberta e um vento forte a sacudia.

— Tenho que ir à casa da família Eriksson. Qual é o caminho?

— Siga esta estrada. É logo depois do estacionamento, perto do rio onde estivemos, uma casa amarela com uma grande calha branca e cerca branca também, com muitas árvores em volta. Vamos comer antes que esfrie.

Fors começou a comer o bife.

— Foi você quem caçou este?

— Não. É uma parte do alce que Humbleberg matou. Sempre dividimos a caça. É um grupo razoavelmente grande, mas sempre dá para todos. Quer picles?

Os dois comeram em silêncio (ou quase, sem considerar o barulho que Nilsson fazia enquanto comia).

Fors recusou o segundo prato de batatas.

– Não quer mais carne? – perguntou o policial.
– Não, obrigado. Estou satisfeito.
– Espero que tenha gostado.
– Muito.
– Coma mais um pouco.
– Já comi demais. Assim vou engordar.
– Você até parece uma adolescente. Não vá dizer que se preocupa mesmo com isso.
– Ah, me preocupo sim – respondeu Fors.
Nilsson riu.
– Deixe o número de seu celular. Assim posso telefonar caso precise falar com você.
– Deixei o celular em casa – disse Fors.
– Bem, então posso ligar para a casa dos Eriksson se tiver alguma notícia importante. Quer café?
– Obrigado. – Fors se levantou e fechou a janela. – Está ventando muito.
– E acho que vai piorar. Essas tempestades com vento chegam até a derrubar árvores. Quer um pedaço de bolo como sobremesa?
– Nem pensar.
– Estou brincando. Só queria ver sua reação. Infelizmente não tenho bolo aqui.
Os dois tomaram café, prestando atenção ao vento. Quando Fors se preparava para sair, alguém chegou.
– Há alguém aí?
– Entre. Estamos na cozinha! – respondeu Nilsson.

Olle Berg apareceu na porta e olhou para Fors.
— Posso falar com você?
— Claro.
— Vamos lá fora.
Berg foi até seu carro e Fors o acompanhou. O vento estava forte e batia nas costas de Berg. Ele levantou a gola da jaqueta para se proteger.
— Ouvi dizer que você falou com Alf Nordström.
— Sim.
Berg o olhou de lado. O vento mudou de direção e ele se virou um pouco. Havia areia e poeira no ar. Fors também se virou, a fim de ficar de costas para o vento, e enfiou as mãos nos bolsos.
— Essa história de suástica é um caso delicado — disse Berg.
— O que você quer dizer?
— Que o caso pode acabar sendo mal interpretado.
— Como?
— Você está me entendendo.
— Não, não estou.
Berg se aproximou dele.
— Você não quer que esta região fique com má reputação, certo? Creio que está me entendendo, sim.
Fors suspirou.
— O que você quer, Berg?
— Não precisamos transformar esta história em um escândalo.
— De que escândalo você está falando?
— Não banque o idiota comigo.

— Só quero saber do que você está falando.

Berg o olhou, com raiva. O vento começou a soprar mais forte, agora vindo de outra direção.

— É só uma questão de tempo antes de aqueles malditos repórteres publicarem essa história na primeira página. Ao menos nos jornais da região.

— Que história? A do desaparecimento de Hilmer Eriksson?

— A de que ele tinha problemas com os tais pintores de suásticas.

— Não estou sabendo disso — disse Fors. — Que pintores são esses?

Berg percebeu que tinha falado demais.

— Não sei exatamente quem são, mas não vale a pena criar caso por causa de garotos bagunceiros, que inventam qualquer coisa para chamar a atenção.

— Nordström lhe falou de algum garoto com quem Eriksson tenha brigado?

— Não.

— Tem certeza?

— Sim. Agora preciso voltar. Achei que devia falar com você. Estamos tentando tornar esta área um foco de turismo. E até agora estamos indo muito bem.

Berg virou-se novamente e colocou as mãos nos bolsos.

— Você não acha que os alemães, por exemplo, irão querer vir para cá, pescar com suas crianças, se souberem que há um bando de nazistas nórdicos circulando por aí, não é?

— E é isso que está acontecendo aqui?

Berg balançou a cabeça.

— Claro que não. Até logo.

Fors observou-o caminhar contra o vento e entrar no prédio da prefeitura. Voltou para a delegacia, onde Nilsson lavava os pratos.

— Vou sair.

— Eu telefono se algo acontecer — respondeu Nilsson, sem se virar.

Tarde de segunda-feira

O detetive Fors passou pelo estacionamento que ficava perto do rio. O vento levantava e jogava as folhas das árvores sobre seu pequeno carro. Ele diminuiu a velocidade e parou em frente a uma pequena casa amarela com calhas brancas. Em uma caixa de correio, ao lado do portão, lia-se "Eriksson" em letras brancas. Fors saiu do automóvel. Uma mulher de cabelo ruivo e curto, usando calça jeans e um suéter de lã, abriu a porta e cruzou os braços na frente do peito, sentindo o vento frio. Fors se aproximou. Apesar de estar usando tamancos, a mulher tinha estatura bem pequena. Não chegava à altura do queixo do detetive.

– Harald Fors – ele disse enquanto se cumprimentavam com um aperto de mãos.

– Anna Eriksson.

Ela se virou e entrou. O detetive fechou a porta.

O *hall* de entrada era grande e iluminado, com papel de parede branco, um tapete um tanto desgastado e algumas fotografias emolduradas nas paredes.

Em uma delas havia uma menina de uns três anos de idade sentada ao lado de um garoto de uns cinco anos, em um pequeno barco. Os dois estavam rindo.

Em outra foto, as mesmas crianças, mais velhas, posavam diante de montanhas cobertas de neve. Adiante, outro retrato mostrava uma bandeira da Noruega e as duas crianças com a pele bronzeada em um lugar que parecia uma praia do Mediterrâneo.

Como é costumeiro no país, Fors tirou os sapatos.

Anna parou à porta da sala e perguntou:

– Gostaria de tomar alguma coisa?

– Aceito um café, se tiver.

– Sim, tenho.

Fors a acompanhou até a sala de estar bem arrumada. Olhou em volta. A mobília tinha cores alegres. Havia dois sofás dispostos em ângulo, uma espécie de lareira de tijolos antiga, uma TV grande, muitos vasos de plantas. Em uma das paredes, havia uma estante do chão ao teto, cheia de livros. Todos os objetos estavam bem dispostos. Fors passou pela estante e dirigiu-se à bandeja de café.

Sentou-se no sofá e Anna se acomodou em uma cadeira reclinável, à sua frente. Olhando para baixo, Fors reparou que seus tamancos eram decorados com rosas pintadas.

– Sei que você já conversou com o policial Nilsson, mas gostaria de fazer mais algumas perguntas. Pode ser?

– Claro. Você disse que irão realizar buscas, certo?

– Sim, hoje à tarde. O policial trará um cão farejador. Ele tem muita experiência e um bom cão.

— Não é a Guarda Nacional que costuma fazer esse tipo de busca?

— Sim, quando se trata de crianças pequenas ou idosos, que se perdem com mais facilidade. Em casos como este a Guarda Nacional só é chamada depois, se necessário.

— Por que só depois? — Anna se inclinou, pegando uma das xícaras floridas. Suas mãos tremiam enquanto despejava o café da garrafa térmica.

— Não temos muito pessoal, e adolescentes que desaparecem costumam voltar alguns dias depois. Mas isso não significa que deixamos de tratar o caso com seriedade. Se Hilmer não voltar até a noite, convocaremos mais policiais para as buscas.

— E por que já não fizeram isso?

— Primeiro precisamos descobrir onde procurar. É por isso que estou aqui, para fazer uma investigação inicial. Gostaria que me contasse o que aconteceu desde o início. Hilmer saiu para buscar alguma coisa, certo?

— Ele tinha voltado do treino em Vallen. Há pouco tempo comprei duas toalhas novas. Ele levou uma e a esqueceu lá. Disse que poderia pegá-la na segunda-feira, mas insisti para que voltasse imediatamente. São toalhas caras.

— Qual foi o tom da conversa?

— Como assim?

— Vocês brigaram?

— Eu disse a ele que voltasse e ele resmungou, mas acabou concordando e saiu.

— A que horas foi isso?

Enquanto ela pensava, Fors pegou seu caderno. Anotou a data, o horário e o local no alto da página e esperou que a mulher respondesse. Ela parecia cansada. Provavelmente não tinha dormido.

– Ele saiu entre cinco e quarenta e cinco e seis horas.
– Você viu no relógio?
– Sim, porque Hilmer disse que voltaria a tempo de assistir ao jogo de futebol na TV, que começaria às sete. Olhei para o relógio e calculei que ele não levaria mais de meia hora para ir de bicicleta até Vallen e voltar. Discutimos por alguns minutos, e por isso sei que faltavam uns dez minutos para as seis.
– E para onde ele foi?
– Para Vallen, é claro.
– Sabe que caminho ele fez?
– Provavelmente foi pela trilha.
– Perto do rio?
– Sim.
– Ele disse que iria por lá?
– Não.
– Você sabe que ele não foi direto para Vallen?
– O quê?
– Hilmer foi até a casa de Ellen Stare, em Vreten, antes.
Ela pareceu surpresa.
– Até a casa de Ellen?
– Sim. Não comentou com você?
– Por que ele foi até lá?
– Não sei. O que acha?

— Ellen ia viajar para Estocolmo no sábado. Sua avó completou 80 anos. Eles sairiam no final da tarde.

— Foi Hilmer quem lhe contou isso?

— Pedi a meu filho que convidasse Ellen a assistir ao jogo aqui em casa. Ele me disse que ela e a mãe iriam para Estocolmo e só voltariam no domingo à noite.

— Bem, sabemos que elas ainda estavam em casa no final da tarde. Ellen disse que Hilmer chegou por volta das seis e saiu às seis e meia.

— Nesse caso ainda teria tempo de voltar para assistir ao jogo.

— Você acha?

— Sim.

— Ele não passou aqui depois de visitar Ellen, certo?

— Não. Por que passaria?

— Não sei. Você tem uma foto recente de Hilmer?

Anna se levantou e foi até uma espécie de gaveteiro perto da estante. Abriu uma gaveta e pegou um envelope. Tirou dele algumas fotos, voltou ao sofá e as colocou na mesinha em frente a Fors.

— Foram tiradas no inverno passado.

O detetive pegou uma e a observou. Hilmer era um adolescente comum. Cabelo curto e claro, sardento, lábios finos e olhar sério. Em outra foto, que mostrava a paisagem em volta, Ellen Stare estava a seu lado. Era uma garota alta, e Hilmer ainda era um pouco mais alto que ela.

— Que altura tem seu filho?

— 1,83 metro. Meu marido tem 1,95 metro.
— A que horas ele chega?
— Hoje vai sair mais cedo. Deve chegar por volta das três.
— Onde trabalha?
— É gerente da Welux.
— Qual é o nome dele?
— Anders.
— E você, onde trabalha?
— Em um banco na cidade. Trabalho meio-período.

Fors anotou as informações e Hilmer sentou-se no tapete de pêlo de carneiro ao lado da lareira. Adorava se deitar ali quando criança. Agora o tapete era um pouco pequeno para ele, mas mesmo assim gostava da sensação de estar sobre aquela superfície macia. Observou sua mãe daquele ângulo diferente. Estava se sentindo tão mal que quase não conseguia respirar. Algo parecia estar obstruindo sua garganta.

Sangue.

Mãe.

Deitou-se por alguns instantes e cochilou. O sono aliviou um pouco a dor.

Sonhos.

Fors tomou o café. Estava forte, não muito quente e tinha gosto de garrafa térmica.

— Sabe a quais lugares Hilmer gostava de ir quando era mais novo?
— Lugares prediletos?
— Sim. Uma casa na floresta, por exemplo.
— Provavelmente lugares assim.
— Algum lugar em especial, onde gostasse de passar as tardes?
— Não que me lembre. Gostava de brincar na floresta, como todas as crianças da região.

Ela parecia realmente abatida.

— Que tipo de bicicleta ele tem?
— Uma daquelas modernas, tipo *mountain bike*. Era novinha. Vou lhe mostrar a nota fiscal.

Ela se levantou e subiu ao segundo andar. Fors ouviu seus passos no piso. Levantou-se, foi até a janela e olhou a paisagem. A grama e as macieiras estavam bem aparadas. Era um jardim bem cuidado.

Fors se lembrou da casa que teve em Trollbäcken, ao sul de Estocolmo, e de como costumava podar as árvores. Elas jamais deram frutos.

Anna voltou com um grande envelope marrom e o entregou a Fors, que voltou ao sofá e o abriu. Examinou o manual, a garantia e a nota fiscal, que datava de 12 de abril.

— Ele está tão feliz com a bicicleta nova! — comentou Anna.

Fors anotou algumas informações.

— Hilmer tem inimigos?
— Não que eu saiba.

– Nunca mencionou brigas ou problemas na escola?
– Não.
– Mas se tivesse problemas, contaria a você?
– Só se fosse algo muito sério. Ele está em uma idade em que quer ser independente.
– E tem algum amigo de que você não gosta?
– Más companhias?
– Sim.
– Não, acho que não. Foi escoteiro durante muito tempo e hoje joga futebol e xadrez. E adora seu computador, é claro. Passa muito tempo no computador.
– Quem são seus melhores amigos?
– Creio que Ellen é sua melhor amiga. Os dois se conhecem desde o ginasial e se dão muito bem. Viajaram com o colégio no ano passado. Mas só começaram a namorar no começo deste ano. Ele também é bastante amigo de Daniel. Os dois jogam no clube de xadrez. É um bom garoto.
– E você sabe se há garotos mal comportados na escola?
– Bem, há Henrik Malmsten e Lars-Erik Bulterman, que causam problemas a todos, incluindo os professores.

Fors anotou os nomes.

– Posso dar uma olhada no quarto de Hilmer?
– Claro. É lá em cima.

Os dois subiram e Fors a seguiu pelo corredor, carregando sua pasta e seu caderno embaixo do braço.

O quarto ficava na direção sul e da janela se via a estrada. Havia uma cama e uma mesa com um computador, duas cadeiras e uma prateleira cheia de livros. Em uma pequena cômoda, dois livros sobre xadrez e um tabuleiro. Algumas camisas estavam no encosto de uma das cadeiras e havia fotos de Hilmer na parede, acima da cabeceira. No peitoril da janela viam-se alguns troféus de prata. Um par de chuteiras jazia no chão, um pé perto da cômoda e outro, da porta.

Anna ficou um tanto constrangida, como se ela mesma tivesse deixado o quarto em desordem.

— Hilmer pode ser bom em muitas coisas, mas não em fazer arrumação.

— Posso olhar as gavetas? — Fors perguntou.

— Sim, claro.

O detetive se aproximou da cômoda e abriu as gavetas. Havia somente cuecas, meias e camisetas. Nada especial ou que chamasse a atenção.

Foi então até o computador.

— Gostaria de ver os *e-mails*, se possível.

O pedido a incomodou.

— Não sei... Isso seria invasão de privacidade. Ele deve receber muitas mensagens de Ellen.

— Entendo.

— Além disso, deve haver uma senha. Não se pode acessar sem ela.

Fors concordou com um gesto de cabeça e se aproximou da janela.

— Ele recebe correspondência regularmente?

— Regularmente?

— Sim.

— Não. Faz tempo que não recebe correspondência. Só um cartão do clube de xadrez na Páscoa. Nada mais.

— Com quem costuma conversar ao telefone?

— Ellen, claro. E Daniel. Não conversa com muitas pessoas. Como não tem telefone no quarto, precisa usar o da sala ou o de nosso quarto.

— Que roupa usava quando foi até a casa de Ellen?

Anna hesitou um instante, não porque não se lembrasse. Mas o fato de ter de descrever as roupas do filho a deixou ainda mais tensa e preocupada; algo que todos os familiares sentem quando alguém da família desaparece. É o medo de que a pessoa nunca mais volte.

Descreveu a calça, a camisa e a jaqueta com detalhes, mencionando até o tipo de meias, de ginástica.

Fors anotou tudo. Olhou pela janela e viu um pássaro comendo sobre o gramado.

— Acho que tenho todas as informações de que preciso neste momento. Meu colega, o oficial Söderström, irá me telefonar antes de vir. Posso levar esta fotografia?

— Claro. Mas eu gostaria que a devolvesse depois.

— Sim. Posso dar um telefonema?

— Use o telefone da sala.

Ela o acompanhou até o andar de baixo.

— Sabe qual é o telefone da escola de Hilmer?

Anna pegou uma agenda encapada com veludo azul, procurou o número e o mostrou a Fors.

A secretária atendeu e transferiu a ligação para o diretor Humbleberg. Fors disse que tinha algumas perguntas a fazer e perguntou se poderia vê-lo dali a quinze minutos. O diretor disse que o aguardaria.

Telefonou então para a delegacia:

— Vou voltar à escola de Hilmer. Diga a Söderström que me telefone caso descubra alguma coisa. Devo ficar lá durante uma hora, mais ou menos.

Agradeceu a Anna pelo café e saiu. Colocou a foto de Hilmer no banco do passageiro, sem saber que ele também se encontrava no carro. Mas sua presença estava mais forte. Sem saber por quê, Fors sentiu-se inquieto e mal conseguia prestar atenção ao trecho de Mozart que tocava no rádio.

Ao chegar à escola, foi direto ao corredor dos armários, que estava praticamente vazio. Só havia uma garota andando por ali. O detetive começou a examinar cada uma das portas. Em uma delas observou que alguém havia escrito com letra arredondada e feminina: Kristina Gyllenstierna.

Acima do nome, a cruz nazista fora desenhada. Fors continuou a examinar todas as portas. Depois foi à sala do diretor, que estava sentado à mesa. Entrou, fechou a porta e sentou-se.

O paletó do diretor acomodava-se no espaldar de sua cadeira. Fors imaginou que ele fazia questão de trabalhar de terno. Pegou seu caderno, anotou a data e a hora e observou o livro que Humbleberg tinha sobre a mesa coberta de papéis e pastas.

Limpou a garganta e disse:

— Deve ser um trabalho estressante, o de um diretor.

— Já foi melhor. Hoje temos muito trabalho administrativo e precisamos conhecer bem os funcionários para não ter problemas com a superintendente. Ela é uma pessoa bastante difícil.

Fors observou-o e calculou que devia ter aproximadamente a sua idade.

— Como descreveria esta região, Humbleberg?

Ele não respondeu de imediato. Parecia estar escolhendo as palavras.

— É igual a muitas outras no país. Temos poucos empregos. E esta escola também é igual às outras: poucas crianças que aprendem muito e uma maioria que não aprende coisa alguma. A maioria absorve apenas o que lhe interessa. É como uma grande viagem sem destino. Meu trabalho é fazer com que tudo esteja de acordo com as regras. — Fez um gesto de desânimo e se recostou na cadeira.

— Ouvi dizer que há problemas com alunos que picham a escola.

— É. Já fomos abençoados aqui também.

— Abençoados?

— Sim. Deve ser uma bênção para os fabricantes de tinta.

— Não sei se entendi.

— Estou brincando. É minha maneira de lidar com a situação, que muitas vezes parece sem solução.

— Mas parece que Nordström lida bem com o problema.

— Sim. A única saída é pintar as paredes para encobrir os estragos.

— Muitas das mensagens pichadas são de teor político?

— Depende de como se vê a questão. Esses garotos não são exatamente o que podemos chamar de politicamente ativos.
— Quem é Kristina Gyllenstierna?
— Você pergunta se é uma de nossas alunas?
— Sim.
— Não me lembro de alguém com esse nome. Não, definitivamente não está em nossa listagem.
— Tem certeza?
— Absoluta.
— Mas o nome está escrito na porta de um dos armários.
— É proibido escrever nas portas dos armários, mas os alunos vivem infringindo a norma.
— Então não há uma aluna chamada Kristina Gyllenstierna matriculada aqui?
— Não.
— Gostaria de saber de quem é o armário com este nome escrito.
— Sem problema. Vou pedir à secretária que verifique.
— Obrigado.

Humbleberg tirou o fone do gancho e pressionou o botão do intercomunicador.

— Margit, o inspetor Fors disse que alguém escreveu o nome Kristina Gyllenstierna na porta de um dos armários. Você pode verificar qual é? – O diretor recostou-se novamente na cadeira e passou as mãos pelo cabelo. – Ela vai verificar.

— Nordström já teve que encobrir diversas suásticas – disse Fors.

Humblegerg pegou um lápis, girou-o entre os dedos e o colocou de volta à mesa.

– Veja bem, aqui acontece muita coisa – disse depois de alguns segundos. – Algumas crianças apresentam, desde cedo, tendências negativas. É o que chamamos ovos podres. E já perceberam que conseguem nos irritar pintando suásticas nas paredes. Alguns podem até fazer isso porque se sentem revoltados com a falta de empregos na cidade, quem sabe? A cada geração as crianças encontram novas maneiras de se rebelar. Na minha época a maneira de chocar os pais era fazer ou mencionar sexo e consumir bebidas alcoólicas. Eles tentavam ao máximo nos aconselhar e informar sobre doenças sexualmente transmissíveis. Hoje há pais que compram bebida para os filhos ingerirem em casa. Mesmo assim eles sempre encontram maneiras de se rebelar e de testar nossos limites. Esta é a maneira como eu vejo as coisas.

– Que providências foram tomadas quanto às suásticas, além de cobri-las?

– Tentamos identificar os culpados. Desconfiamos de alguns alunos, mas é difícil provar.

– E o que estão fazendo a respeito?

Humbleberg abriu os braços e perguntou:

– O que você faria?

– Não sei. Não sou o diretor da escola. Não é o meu trabalho saber o que fazer quando crianças pintam suásticas nas paredes da escola.

Humbleberg pegou o lápis e começou a brincar com ele novamente.

— Vou lhe dizer o que penso. Acho que quanto menos atenção dermos a essas crianças problemáticas, melhor.

— É isso o que você acha?

— Sim.

Fors tomou nota.

— Que medidas foram tomadas?

— Quando encontramos as suásticas? Já disse. Tentamos descobrir quem foi. Falei com os professores e pedi que discutissem o assunto em sala de aula.

— Discutissem o quê, exatamente?

— Símbolos nazistas, *slogans* e tudo que representam.

— E os professores seguiram sua sugestão?

— Imagino que sim.

— Quando surgiu a primeira suástica?

Humbleberg pensou por alguns instantes.

— Cinco anos atrás. Foi na parede do ginásio.

— Nordström disse que os pichadores devem ter usado uma escada.

— Isso mesmo.

— Depois disso você falou com os professores e eles com os alunos, mas mesmo assim mais suásticas foram pintadas?

— Sim. Após algum tempo alguém pintou uma delas na parede aqui fora.

— Perto dos armários dos professores?

— Exatamente.

— A polícia foi informada, certo?

— Não, não me lembro de termos informado a polícia.

— Meu colega Nilsson também diz não se lembrar de investigações sobre esse tipo de vandalismo na escola.

— Não tenho certeza. Pode ser que tenhamos informado.

Enquanto Fors fazia anotações, alguém bateu à porta. A secretária informou, sem entrar:

— O armário é de Anneli Tullgren.

— Obrigado, Margit — respondeu Humbleberg.

— Anneli Tullgren — repetiu Fors enquanto anotava. — Em que sala ela estuda?

— 9C.

— Pode pedir-lhe que venha até aqui?

— Claro, se ela estiver na escola. — Humbleberg pegou o fone novamente. — Margit, por favor, peça a Anneli da 9C que venha à minha sala.

Colocou o fone no gancho e vestiu o paletó. Pareceu um pouco sem graça, como se tivesse de dar explicações sobre o que fazia.

— Devo estar gripado. Senti um pouco de frio de repente — disse o diretor e observou Fors, que fazia mais anotações. — Mas diga: o que tudo isso tem a ver com o desaparecimento de Hilmer Eriksson?

Nenhum dos dois via Hilmer.
Sangrando no chão.
Com a boca cheia de sujeira.
E de folhas apodrecendo.

Deitado ali, bem ao lado deles.

— Não sei — disse Fors. — O que você acha?

Humbleberg pareceu alarmado.

— Como assim, o que eu acho?

— O que *você* acha?

— De quê?

— Você conhece o intendente municipal Berg, não conhece?

— Claro.

— Vocês dois estão envolvidos com política, não?

— Mas não somos do mesmo partido.

— Mas se conhecem bem, não?

— Sim.

— Berg disse que Hilmer Eriksson se desentendeu com alguns garotos que pintaram suásticas.

— Sério? Não sabia disso.

— Não é estranho ele saber mais do que você?

— Não. Nordström está envolvido com o conselho. Berg provavelmente sabe o que Nordström sabe. Eles são do mesmo partido.

— Então Nordström sabe de coisas que você não sabe?

— Não é porque sou diretor que tenho de saber de tudo.

— Mas quando um de seus alunos briga com tipos neonazistas na escola você não deveria saber?

Humbleberg balançou a cabeça.

— Não temos neonazistas aqui. Temos, sim, um bando de crianças rebeldes que tentam de tudo para chocar e assustar os adultos. Não têm tanta consciência política a ponto de ser chamados neonazistas.

— Quem são esses alunos?

Humbleberg fez uma pausa.

— Como não temos informações suficientes sobre esses incidentes, não seria correto apontar esse ou aquele aluno. Se tivéssemos algo mais concreto, seria fácil.

— Suásticas não são algo concreto?

— Sim, mas ainda que eu tivesse uma desconfiança de quem fez isso, há uma grande diferença entre desconfiar e ter certeza. E, se começarmos a rotular crianças de neonazistas só por causa de alguns desentendimentos, teremos um problema maior ainda. Não podemos classificar brigas de crianças na escola como atividade criminosa.

Enquanto Fors fazia mais anotações, Humbleberg atendeu a uma ligação e disse que estaria ocupado na próxima meia hora. Quando desligou, Margit bateu à porta.

— Anneli está aqui.

Uma garota alta a seguia. Tinha cabelo claro, preso em um rabo-de-cavalo, não usava maquiagem e seus lábios eram finos. Os quadris largos indicavam que estava um pouco acima do peso. Usava botas pretas, calça preta larga e uma camisa cinza.

Margit fechou a porta e Humbleberg pigarreou.

— Este é o detetive Fors. Ele gostaria de lhe fazer algumas perguntas. — Virou-se para Fors. — Quer ficar a sós com ela, certo?

— Não é necessário. Sente-se, por favor.

A garota acomodou-se na cadeira vazia à frente da mesa de Humbleberg. Fors abriu uma página nova de seu caderno, anotou a data, olhou o relógio e anotou a hora.

— Como o diretor disse, chamo-me Fors. Sou policial e queria lhe fazer algumas perguntas. Como se soletra seu sobrenome?

Anneli soletrou.

— Poderia escrever seu nome aqui? — Fors virou mais uma página do caderno e o entregou a ela, junto com a caneta. Ela escreveu. Sua letra era arredondada e feminina. O detetive pediu de volta o caderno e a caneta.

— Então você se chama Anneli.

A garota sorriu com malícia.

— Acha que estou mentindo? Acabei de escrever meu nome aí.

— Mas há outro nome escrito na porta de seu armário.

— Sim.

— Que nome está escrito lá?

— Kristina Gyllenstierna.

Fors lhe entregou novamente o caderno.

— Poderia escrevê-lo também nesta página?

— Claro.

Fors pegou de volta o caderno e observou os dois nomes.

— Então foi você quem escreveu o nome na porta do armário?

Com o mesmo sorriso maroto, Anneli olhou para Fors, para Humbleberg e depois para Fors novamente.

— O que é isso? Um interrogatório?

— Não, não é um interrogatório — respondeu Fors. — Só seria se você fosse suspeita de crime. Ter escrito o nome Kristina Gyllenstierna na porta de seu armário é contra as regras de sua escola, mas não constitui crime que possa ser investigado pela polícia. — Fors pensou por um instante e continuou: — Então foi você quem escreveu na porta do armário?

— Sim, fui eu — respondeu ela com um sorriso largo. — Posso ir agora? Estou perdendo a aula de matemática, minha predileta.

— Só mais um instante. Alguém desenhou uma cruz acima do nome, em seu armário.

Anneli o olhou, agora com ar sério.

— E o que tem isso?

— Foi você quem desenhou a cruz?

— Não vou responder.

— Por que não?

Anneli permaneceu em silêncio.

Fors esperou.

Humbleberg também ficou quieto.

Ouviu-se então barulho de crianças gritando no pátio.

Hilmer continuava caído no chão da sala, encolhido e chorando de dor. Queria se levantar e sair, mas não conseguia. Estava praticamente sem forças. Sua única alternativa era seguir Fors.

Tarde de segunda-feira

🦋 🦋 🦋

— Posso voltar para a sala de aula?

— Preciso fazer mais algumas perguntas.

— Não quero responder — retrucou Anneli, levantando-se. Foi rapidamente até a porta e a fechou ruidosamente atrás de si.

Humbleberg suspirou.

— Ela é muito inteligente mas tem um comportamento difícil. O que foi mesmo desenhado na porta de seu armário?

— Uma suástica. O mesmo símbolo das tropas de Hitler. Quem são os amigos dela?

— Bulterman e Malmsten, da 9A, nossos maiores problemas.

— Tullgren, Bulterman e Malmsten — disse Fors. — São eles que pintam as suásticas?

Humbleberg balançou a cabeça.

— Não posso provar. Mas acho que estão envolvidos nisso, sim.

— Como eles são?

— Henrik Malmsten não é exatamente uma mente brilhante, mas vem de boa família. O pai tem uma serralheria na cidade. E conheço a mãe porque freqüentamos a mesma igreja. Já Lars-Erik Bulterman é um caso à parte. A mãe é alcoólatra e o pai perdeu o emprego há vários anos, quando a Welux foi adquirida por um grupo de empresas de Dublin. Mais da metade dos funcionários foi demitida na época. Tem fama de pessoa difícil e isso faz com que não arranje trabalho. O filho parece ter puxado a ele. Também é um tipo agressivo e violento. É até bastante inteligente, mas lhe falta motivação para estudar.

— Gostaria de falar com Henrik Malmsten. Poderia pedir a ele que venha até aqui?

Humbleberg falou com a secretária pelo intercomunicador. Ao colocar o fone no gancho, espirrou algumas vezes e secou o nariz com um lenço.

— O que se pode fazer? — disse o diretor, suspirando com ar desconsolado. — Tínhamos um bom sistema de apoio para os alunos, com psicólogo e conselheiro muito bons. Tivemos até professores gabaritados para educação especial. Fazíamos reuniões periódicas para avaliar os alunos. Mas hoje nada disso é possível. Temos de lutar muito para conseguir fundos e o sistema de educação atual se baseia apenas em notas e rendimento escolar. Os professores estão cansados e desanimados. Eu mesmo sou um dos mais jovens aqui. Não os culpo. Na verdade, tenho pena deles. A última coisa de que precisávamos era um problema como esse, das suásticas.

— Quando você disse que a primeira suástica foi pintada?

— Cinco anos atrás.

— Então não poderia ter sido Bulterman e Malmsten. Eles já freqüentavam a escola na época?

— Não. Estudavam em outra escola. Não foram eles.

— Quem foi então?

Humbleberg espirrou novamente, dessa vez com o lenço sobre a boca.

Fors ficou esperando.

— Bem, cedo ou tarde você acabará ouvindo a história de outra pessoa. Então vou me adiantar.

O diretor olhou por um instante pela janela.

— Está ventando muito hoje — comentou Fors.

Mais silêncio. Humbleberg começou a falar, porém em um tom mais baixo de voz.

— Você viu Margit Lundkvist, que trabalha aqui.

Fors fez que sim com a cabeça.

— Nós dois moramos juntos durante oito anos e nos separamos no ano passado. Não tenho filhos mas Margit tem um, chamado Marcus, que hoje tem 21 anos. Tinha 13 quando Margit e eu iniciamos nosso relacionamento. Era um bom garoto e acabei me tornando uma espécie de pai para ele. Mas, quando tinha cerca de 15 anos, começou a se comportar de maneira diferente. Jamais entendi realmente o que aconteceu. Um dia chegou em casa usando uma camiseta com o desenho de uma suástica. Conversei com ele, tentando explicar que aquele símbolo era negativo e ofensivo para as pessoas. Marcus é muito inteligente, sempre gostou de fazer perguntas e aprender. Tínhamos muita facilidade para nos comunicar. Mas dessa vez sua reação foi diferente. Ele lera muito mais do que eu sobre o assunto. Mencionava nomes e datas com precisão. Questionava o que eu dizia e se recusou a tirar a camiseta.

Humbleberg girou o lápis sobre a mesa.

— Seu gosto musical também se modificou. Em vez de letras sobre garotas, sexo e amor, as músicas que ele ouvia descreviam ódio.

Humbleberg suspirou.

— Passou a ter novos amigos, mais velhos e que moravam em Aln. Tinham as cabeças raspadas, uma aparência que assustava e roupas pretas. Ficavam o tempo todo no seu quarto ouvindo música *skinhead*. Fiquei muito preocupado. Foi nessa época que a suástica foi pintada na parede do ginásio. As aulas tinham reiniciado. Pelo que sei, Marcus era o único *skinhead* na escola naquele ano. Via esses amigos todo fim de semana. Se fazia calor, iam ao rio, pois a trilha fora reformada. Tomavam cerveja, faziam barulho e assustavam as pessoas que passavam. Marcus admirava aqueles garotos. Não tenho provas, mas acho que foi ele quem pintou a suástica no ginásio e escreveu nas portas dos armários dos professores. Imagino até que tivesse uma cópia da chave para entrar no ginásio enquanto estava vazio. Mas não tive ânimo para fazer uma investigação mais completa. Nem cheguei a informar a polícia. Minha intenção era proteger Margit, que passava por uma fase difícil, como pode imaginar. É incrível o que um adolescente assim pode fazer com a mãe. Eram noites e mais noites sem dormir, sentindo-se culpada e achando que tinha falhado na educação do filho. Foi horrível.

Humbleberg ficou em silêncio durante um instante.

— Não acusaria Marcus a não ser que tivesse certeza de que estava envolvido. Mas quem quer que tenha pintado a suástica, pintou também as letras O.V.H. Marcus falava muito delas.

— O que significam essas três letras, afinal? – perguntou o investigador Fors.

— Ódio, Violência e Heroísmo.

Fors anotou a informação e voltou a olhar para Humbleberg, que estava com os cotovelos apoiados na mesa.
— Onde está Marcus?
— Mora na cidade.
— Sabe se ele tem contato com Bulterman e Malmsten?
— Já os vi juntos. Mas a pessoa com quem ele mais tem contato é Anneli Tullgren.
— É mesmo?
— Sim. Os dois namoram.
— Como você sabe?
— Ele me disse.

Margit bateu à porta e entrou. Fors olhou para ela, que retribuiu o olhar, dizendo:
— Ninguém viu Henrik desde a hora do intervalo. Deve ter ido para casa.
— Obrigado — respondeu Humbleberg.

Ela saiu e fechou a porta. Fors colocou a caneta no bolso e guardou suas coisas.
— Posso usar o telefone?
— Sim, claro.

Ligou para Nilsson.
— Alguma notícia de Söderström?

Nilsson disse que não.
— Você conhece um garoto chamado Henrik Malmsten?
— Sim — respondeu o outro policial.
— Ele saiu da escola na hora do intervalo. Acha que consegue localizá-lo?

— Se não foi para a cidade será fácil encontrá-lo.

— Procure-o e me avise quando tiver encontrado. Ficarei na escola mais um pouco.

Colocou o fone no gancho e o intercomunicador tocou. Ouviu a voz de Margit: "O senhor Blad, da imobiliária, quer falar com você, Sven. Está na sala dos professores. O que digo a ele?"

O diretor olhou para Fors.

— Tenho uma reunião — declarou Humbleberg a Fors.

— Você me deu informações muito úteis. Obrigado. Posso usar o telefone mais uma vez?

— Claro.

— É uma ligação para Estocolmo. Algum problema se fizer um interurbano?

Humbleberg mostrou a Fors como fazer a ligação e saiu da sala levando uma de suas pastas.

Fors discou o número do Serviço de Inteligência Criminal do Quartel-General de Polícia de Estocolmo. Atendeu uma mulher com voz lenta e pausada e sotaque do sul da Suécia.

— Almgren, Serviço de Inteligência Criminal.

— Aqui é o detetive Harald Fors. Levander está?

— Vou verificar. Um minuto, por favor.

Fors tentou lembrar quem era Almgren, mas não conseguiu. Ela perguntou:

— Seu nome novamente, por favor.

— Harald Fors.

A ligação foi transferida. Um homem atendeu dizendo "Levander".

Tarde de segunda-feira

— Göran, é Harald.
— Como vão as coisas por aí? Passeando muito pela floresta, colhendo cogumelos?
— Não exatamente.
— Já está sentindo falta de Estocolmo?
— Às vezes.
— Pois estamos sentindo sua falta aqui.
— É bom saber. Você pode me fazer um favor?
— Quem sabe?
— Quem é Kristina Gyllenstierna?

Levander levou alguns instantes para responder:
— Uma mulher que viveu na década de 1500, foi casada com Sten Sture e teve participação política na batalha contra os dinamarqueses. Dizem que teve grande importância na defesa de Estocolmo contra o rei Christian, também chamado Christian, o Tirano. Mas para os dinamarqueses ele foi um herói. Por que a pergunta? Onde você ouviu falar dela?
— Na escola onde estou fazendo uma investigação. O nome foi escrito na porta do armário de uma aluna, juntamente com a insígnia nazista.
— Então creio que você está mexendo em um vespeiro. Kristina Gyllenstierna também é o nome de uma organização nazista feminina formada na década de 1920 por um grupo de suecas da alta sociedade. O grupo desaparece durante algum tempo mas sempre volta a agir. Nos últimos anos tem se mostrado bastante ativo e está aliciando novas participantes. Alegam precisar de "sangue novo para a causa nazista". As mulheres envolvidas

nesse grupo não são exatamente amistosas, ao contrário. Costumam ser tão ou mais violentas quanto os homens nazistas. Você ficaria surpreso ao saber dos casos.

— Obrigado — disse Fors.

— Se surgir mais alguma coisa sobre Gyllenstierna, inclua em seu relatório. Prometo ampliar a pesquisa para que você possa ter ao menos umas dez fontes de informação a respeito.

— Sim, vou pensar nisso.

— Quando volta a Estocolmo?

— Provavelmente só no verão.

— E seu filho, como vai?

— Fez 13 anos há poucos dias. Queria um *iPod*. Dei a ele um relógio. Acho que não sou um grande pai.

— Nada disso. E, mudando de assunto, você logo terá uma reunião aqui. O novo chefe não tolera atrasos. Denomina seu próprio estilo de liderança "administração de terror". Diz que aprendeu isso em um curso em que o principal chefe de polícia chegou a chorar por não agüentar a pressão.

Após terminar a conversa e desligar, Fors pegou sua pasta e foi para o corredor dos armários. As aulas tinham terminado e os alunos saíam das salas. Ellen Stare foi até seu armário, pegou um casaco e o vestiu.

— Posso falar com você por alguns minutos?

— Ainda não encontraram Hilmer?

— Não. Podemos conversar lá fora?

Ela fechou o armário, pegou a bolsa e o acompanhou para fora do prédio. O vento continuava forte.

Ela olhou em volta.

— Vou ter de agüentar este vento até chegar em casa.

— Você veio de bicicleta?

— Sim.

— Hilmer lhe disse algo sobre estar sendo ameaçado?

— Não.

— Tem certeza?

Ellen pareceu hesitar quando Fors segurou a pasta contra o peito e a olhou, esperando uma resposta.

— Ele se envolveu em uma briga há mais ou menos um mês.

— Com quem?

— Com uma garota da 9C chamada Anneli.

— Já a conheço.

— Hilmer se intrometeu em uma briga dela com um garoto da sétima série.

— Qual garoto?

— Seu nome é Mahmud.

— O que Hilmer lhe disse?

— Que estava indo pegar algo em seu armário quando viu Anneli batendo em Mahmud. Já o tinha derrubado e o chutava sem parar. Hilmer lhe disse para parar. Ela ficou furiosa e começou a bater nele também, que conseguiu se livrar. Mas então Bulterman apareceu e se envolveu na briga também. A situação estava bem complicada, mas por sorte Nordström interveio e os fez parar.

— Quando foi isso?

— Há cerca de um mês.

— Você viu o que eles escreveram no armário de Hilmer?

— Agora está escrito "traidor". Mas antes havia uma suástica e coisas do tipo. Nordström passou tinta e cobriu.
— Você sabe quem escreveu "traidor" ali?
— Tenho um palpite.
— Mas não tem certeza?
— Não.
— Quem acha que foi?
— Bulterman ou Malmsten. São os que mais picham a escola.
— E Anneli? Você a conhece?
— Não, mas todos têm medo dela. É meio maluca.
— Como assim, maluca?
— Adora brigar. Está sempre procurando encrenca. Bater nas pessoas é seu passatempo predileto.
— Com quem ela já brigou?
— Acho que há três ou quatro alunos em sua classe que têm medo de vir à escola por causa dela. Todos sabem que ela namora Marcus e não querem encrenca com ele. "Não provoque Anneli" é o que se ouve por aí.
— Mas Hilmer a enfrentou.
— Ele não agüentaria ver aquilo e ficar quieto. Não é de sua natureza.
— Entendo.
— Será que irão encontrá-lo?
— Com certeza.
— Você acha que alguém... que alguém pode ter feito algo com ele?

— Não sei. Por enquanto estou só investigando. Obrigado pela ajuda. Espero que o vento não a incomode muito na volta para casa.

Ela sorriu e foi embora. O detetive entrou novamente no prédio, foi à sala de Margit e bateu à porta.

— Você tem um minuto?

Ela trabalhava no computador. Ao ver Fors, virou-se e ficou de frente para ele. Sua cadeira era do mesmo tipo que Alf Nordström tinha em sua sala.

— Só preciso terminar algo. Você pode aguardar um instante?

— Claro. Vou esperar na sala dos professores — disse ele.

Margit virou-se novamente para o computador e continuou a trabalhar.

Na sala dos professores, Fors acomodou-se em um dos sofás. A mobília parecia nova. Havia fotos de professores e de alunos nas paredes. Humbleberg aparecia em uma delas, com barba, usando uma bermuda cortada de uma calça jeans. Estava abraçado a uma garota em uma praia, em frente a uma canoa. A fotografia já estava um pouco envelhecida. Parecia ter mais de dez anos.

Margit entrou logo em seguida.

— O policial Nilsson está ao telefone. Pode atender no escritório do diretor.

As notícias eram boas.

— Malmsten está aqui comigo, comendo um salgadinho. Disse a ele que você já está vindo.

— Ótimo. Dê-lhe mais um salgado e diga que procuramos Hilmer perto do rio mas não encontramos nenhuma pista. Esperamos que ele possa nos dar alguma informação importante. Mas, pelo amor de Deus, não vá ameaçá-lo. Diga apenas que queremos sua ajuda. Já estou indo. Só preciso fazer algo antes.

— Está certo — disse Nilsson, desligando.

Fors foi até a sala de Margit.

— Posso falar com você mais tarde?

— Sem problemas. Vou ficar em casa — respondeu ela.

— Entrarei em contato — disse Fors.

Foi rapidamente para o carro. Chegou à delegacia em menos de cinco minutos.

Henrik Malmsten ainda estava sentado à mesa. Nilsson organizava copos e xícaras no armário, de costas para ele.

— Henrik é um bom garoto — disse Nilsson. — Quer ser policial. Precisamos de mais gente assim, que não tem medo de colocar a mão na massa.

— Você me viu hoje de manhã, não? — Fors perguntou ao garoto, sentando-se do outro lado da mesa.

— Sim.

— Pensamos que Hilmer tivesse ido pela trilha do rio no sábado, mas chegamos à conclusão de que deve ter ido para outro lugar. Terminamos as buscas aqui e vamos começar em Sållan. Você estava na trilha no sábado, não? Lembra-se de ter visto Hilmer?

— Não — respondeu Henrik.

— Foi o que imaginei — respondeu Fors. — A que horas você chegou lá?

Henrik não parecia se lembrar.

— A que horas, mais ou menos?
— Não sei.
— Tente se lembrar.
— Lá pelas cinco, talvez.
— E a que horas saíram?
— Não sei.
— Já tinha escurecido?
— Ainda não.
— E não se lembra mesmo de ter visto Hilmer?
— Não.
— Tem certeza?
— Sim.
— Ele não poderia ter passado por lá rapidamente enquanto você urinava entre as árvores, por exemplo?

Henrik riu.

— Eu urinei ali mesmo, perto do banco.
— Era o primeiro ou o segundo banco?
— Aquele perto da casa grande.
— A de Berg?
— Sim.
— Tem certeza de que seus amigos também não o viram?
— Não. Ninguém o viu.
— Lars-Erik e Anneli estavam com você?
— Talvez.

— Você está nos ajudando com suas informações, Henrik. Agora sabemos que procuramos no lugar errado. Se vocês três estiveram lá a noite toda, teriam visto Hilmer se ele fizesse aquele caminho, certo?

Henrik não respondeu.

— Certo? – repetiu Fors.

Nada.

— Certo? – repetiu Fors mais uma vez.

— Não sei – disse Henrik. – Nem me lembro direito se estivemos lá.

— Não? Onde estavam então?

Henrik ficou olhando para a mesa.

— Tenho de ir. Minha mãe e meu pai estão me esperando. Prometi ajudar em casa hoje.

— Claro – disse Fors. – Obrigado pela ajuda. Só mais uma pergunta: você acha que Hilmer pode estar em Sållan? Que algo possa ter acontecido com ele lá?

Henrik deu de ombros.

— Não tem um palpite?

Henrik continuou em silêncio.

— Não tem problema. Você já ajudou bastante – disse Fors, estendendo a mão.

O garoto a apertou com um meio-sorriso.

— Eu disse que ele era um bom garoto – falou Nilsson. – Cuide-se bem, Henrik.

O garoto se despediu e saiu. Os dois esperaram que ele fechasse a porta.

Nilsson ficou observando Fors. O detetive tamborilava os dedos sobre a mesa. Depois brincou por alguns instantes com o fecho do zíper do casaco, levantou-se e foi até o telefone. Ligou para o escritório de Hammarlund.

– Tenho fortes suspeitas de que há um garoto na floresta aqui perto, provavelmente vítima de agressão. Preciso de toda a ajuda que você puder enviar: Stenberg, Johansson e ao menos um cão. E com urgência.

Fors ouvia o som de alguém mexendo em papéis ao fundo.

– Mas você já tem Söderström.

– Ele ainda não chegou.

– Tem certeza de que o garoto está lá?

– Ainda é um palpite, mas é muito pouco provável que eu esteja enganado. Aliás, daqui a pouco vai escurecer. Diga a eles que tragam lanternas.

– Vou ver o que posso fazer.

Fors ainda estava ao telefone quando Tom Söderström entrou, com um pastor alemão a seu lado. Chamava-se Joop e já encontrara diversas pessoas em buscas. Também era famoso por defender muito bem o dono com seus dentes afiados, quando necessário.

– Podemos começar as buscas? – perguntou a Fors. – Minha irmã está na cidade. Veio me visitar mas vai embora amanhã. Ainda nem tive tempo de falar com ela.

– Chefe, Söderström acabou de chegar – Fors disse a Hammarlund, mas ele já tinha desligado.

– Vamos lá? – perguntou Söderström.

– Claro – disse Fors. – Leve Nilsson. Ele irá mostrar o lugar. Eu irei em seguida.

Quando estavam para sair, Hammarlund telefonou.

– Consegui Stenberg, Johansson e mais dois homens, que não sei ainda quais são. Peça a Söderström que me telefone quando chegar.

– Ele já chegou. Nilsson irá lhe dizer onde os outros devem encontrá-los.

Vinte minutos depois Fors estacionava na frente da pequena residência de Margit Lundkvist. A casa lhe lembrou aquela em que sua ex-esposa morava quando solteira, em um bairro de Estocolmo. Era de um estilo popular, mas com cômodos bem divididos, bastante comum na Suécia dos anos 1940. Fors conhecia bem a planta: dois quartos pequenos, cozinha com espaço para uma mesa de jantar e sala.

Fors parou o carro em frente ao portão de metal, com um desenho em forma de flor. Saiu do veículo e nem o trancou. Havia uma bicicleta feminina azul encostada na cerca do jardim. E um mastro sem bandeira em frente à casa. O cordão para amarrar bandeiras estava solto, balançando ao vento.

Ele caminhou em direção à porta e tocou a campainha. Ela o atendeu quase imediatamente, como se já o estivesse esperando.

– O vento está terrível hoje – foi a primeira coisa que disse. Teve de fazer certo esforço para fechar a porta, depois que Fors entrou. – Estou com panelas no fogo. Pode aguardar um instante?

Ele respondeu que sim e ficou perto do corredor de entrada, que tinha ganchos na parede. Havia um casaco e uma capa de chuva pendurados. Um cheiro convidativo exalava da cozinha, mas Fors não conseguiu identificar exatamente o que era.

– Por favor, sente-se. Fique à vontade – disse Margit.

Fors foi para a sala, passou pela porta da cozinha e a viu abaixar-se para colocar uma travessa no forno. A sala estava impecavelmente arrumada, mas tinha móveis em excesso, incluindo uma poltrona reclinável de pelúcia e uma mesa de centro de madeira maciça. A decoração era neutra: um tapete bege com quadrados marrons, cortinas brancas, vasos de gerânio, uma prateleira com pequenos animais de vidro, um relógio cuco na parede atrás do sofá e uma toalhinha de crochê sobre a TV. Na lareira havia algumas toras pequenas, limpas e aparentemente sem uso e, em frente à janela, uma pequena mesa de jantar e três cadeiras junto à parede. Em cima da mesa via-se uma pilha de jornais, disposta precisamente e alinhada à beirada. Fors observou melhor o relógio e percebeu que não funcionava.

– Gostaria de tomar alguma coisa? – perguntou Margit, voltando à sala.

– Não, obrigado. Podemos conversar?

– Claro. Sente-se, por favor.

Margit passou por ele e se ajeitou no sofá. Fors escolheu a poltrona. Ao sentar-se, observou que os braços estavam um tanto gastos. Tirou de sua pasta o caderno, olhou para o relógio de pulso e anotou a data e a hora.

– Margit *Lundkvist* – disse. – Correto?

Ele já tinha visto o nome na placa da porta da sala e Humbleberg também o mencionou. Mas era uma boa maneira de iniciar a conversa.

— Sim.
— Com "k" ou "q"?
— Com "k".
— Há quanto tempo trabalha na escola?
— Quinze anos.
— E conhece todos os alunos?
— A maioria.
— Seu filho estudou lá, não?
— Sim. Marcus estudou lá.
— Que idade ele tem?
— Vinte e um.
— Onde mora?

Margit tinha as mãos no colo. Nesse instante começou a coçar a mão esquerda com a direita. Suas unhas estavam sem esmalte e pareciam ter sido roídas.

— Posso perguntar uma coisa? – pediu.
— Claro.
— Para que esta conversa?
— Esta conversa?
— Sim.
— Investigo o desaparecimento de Hilmer Eriksson.
— E por isso quer saber onde Marcus mora?
— Sim.
— E por quê?

— Porque ele pode ter alguma informação sobre Hilmer ou sobre onde ele está.

Margit respirou fundo e levantou um pouco as mãos.

— Mas como ele pode saber sobre Hilmer?

— Não sei. O que você acha? Ele pode ter alguma informação?

Margit ficou em silêncio.

Ela estaria imaginando o que seu filho poderia saber?

Mas o que se pode saber sobre alguém que, de repente, fica invisível?

O que se pode saber sobre alguém que fica caído no chão sangrando e com a boca cheia de folhas apodrecendo?

— Steven Humbleberg me contou sobre os problemas de Marcus e que ele tem saído com Anneli Tullgren.

— Sim. Mas o que isso tem a ver com Hilmer?

— Não sei se tem algo a ver com Hilmer, mas preciso investigar. Pelo que soube, Anneli e Hilmer tiveram uma discussão cerca de um mês atrás.

— Não estou sabendo disso.

— Onde Marcus mora?

Margit suspirou e lhe deu o endereço.

— Faz tempo que ele mora lá?

— Desde o ano passado.

— Onde trabalha?
— Está desempregado.
— Vem aqui com freqüência?
— De vez em quando. Ainda guarda algumas coisas no porão.
— Quando foi a última vez que veio?
— Já faz algum tempo.
— Quanto tempo, mais ou menos?
— Creio que esteve por aqui no sábado, mas nem passou em casa.
— E como sabe que ele veio?
— Marcus mesmo disse que passaria por aqui para pegar algumas coisas, mas acabou não vindo. Telefonei no final da tarde e ele falou que estivera por perto, mas que não teve tempo de vir a minha casa.
— Sabe o que ele veio fazer?
— Não.
— Marcus vem de ônibus?
— Não. Ele tem carro.
— Mas como mantém o carro se está desempregado?
Margit não respondeu.
— Você comprou o carro para ele?
— Sim.
— E quanto pagou?
— Foi bem caro.
— Teve que usar suas economias, não?
— Sim.

— É. Filhos custam caro.
— Mais caro do que imaginamos.
— Por que diz isso?
— Nunca imaginei que as coisas fossem acabar assim.
— Assim como?
— Um filho que só tem ódio no coração.
— O tempo todo?
— Sim. Só fala nisso.
— E a quem ele odeia?
— A todos.

Margit esfregou as palmas das mãos nas coxas e o olhou como a querer dizer que não era sua culpa, que havia algo de errado na cabeça de Marcus.

— Você parece muito desapontada com seu filho.

Ela balançou a cabeça e coçou a mão novamente.

— Desapontada não é a palavra certa. "Inferno" seria a melhor maneira de descrever esses últimos cinco anos de minha vida.

— O que aconteceu exatamente?

Margit respirou fundo e seus olhos se encheram de lágrimas.

— Ele tinha 15 anos quando tudo começou. Bem, imagino que Sven tenha lhe contado o que houve. Jamais teria conseguido sobreviver a tudo aquilo não fosse pelo apoio que recebi dele.

— Como tudo começou?

— Alguns amigos antigos e novos, seu quarto cheio de bandeiras, panfletos e quinquilharia militar, como medalhas antigas e facas.

— Baionetas?
— Sim, com cruzes desenhadas.
— Suásticas?
— Isso mesmo. E aquela música horrível o tempo todo.
Ela se recostou e enxugou os olhos com as mãos.
— E o pai dele? – perguntou Fors.
— Nunca se conheceram.
— Por quê?
Ela balançou a cabeça lentamente.
— É uma longa história. Às vezes, quando pensamos nos erros que cometemos, percebemos que, se pudéssemos viver nossa vida novamente, faríamos tudo de outra maneira.
— Qual o nome dele?
— Do pai de Marcus? Hans.
— E ele não mora aqui?
— Mora em Estocolmo.
— E Marcus nunca o viu?
— Nós nos separamos quando ele tinha seis meses de idade. Eu me mudei para cá novamente. Não nos falamos há quase vinte anos.
— Ele nunca telefona nem entra em contato?
— Só uma vez, quando Marcus fez três anos. Enviou um álbum de fotografias. Depois disso, nunca mais.
— Então os dois não mantêm contato?
Margit olhou para o lado, hesitando em dizer que não.
Fors anotou enquanto o vento lá fora soprava e podia-se ouvir o barulho da corda batendo no mastro.

– Vou dar um jeito nisso – disse ele, sem olhar para Margit.
– Antes de ir embora.
– O quê?
– A corda batendo no mastro. Vou enrolá-la e prendê-la direito. Assim não irá mais fazer barulho.
– Ah, desculpe-me. Não percebi que isso o incomodava.

Nesse instante Fors percebeu que ainda estava com os sapatos. Havia se esquecido de tirá-los. Sentiu-se culpado. "Você tira os sapatos e anda com todo o cuidado na casa da vítima mas não demonstra o mesmo respeito para com a mãe do possível culpado. Por acaso acha que uma é menos vítima do que a outra?"

– Está tudo bem? – perguntou ela, vendo-o em silêncio.
– Sim... Há quanto tempo Marcus e Anneli estão juntos?
– Desde o ano passado.
– Você conhece Anneli?
– Sei quem ela é.
– Mas a conhece bem?
– Falam dela o tempo todo. Alguns professores já ameaçaram pedir licença se ela continuar na escola.
– É uma pessoa difícil?
– Dizem que é terrível.
– Onde mora?

Margit apontou.

– Na rua ao lado, em uma casa que parece aquelas de fazendas mexicanas. Sua mãe, Berit, é dona da loja de conveniência ao lado da estação de ônibus e seu pai é motorista de caminhão.

– Você os conhece bem?

— Só freqüento a loja. E ouço os comentários no bairro.

— Que tipo de comentário?

— Parece que arrombaram e roubaram a loja de Berit várias vezes, alguns anos atrás. Quatro vezes, se não me engano. Uma noite de sábado o marido ficou escondido na loja, esperando. Os ladrões eram dois imigrantes de Sållan. Ele os pegou, bateu em um deles com uma barra de ferro e quebrou sua clavícula. Houve um julgamento e o pai de Anneli ficou preso por seis meses. O ladrão só pagou uma multa e ficou em observação durante algum tempo. Acho que isso instigou o ódio na moça. Pelo jeito tudo começou em casa.

— Quando foi isso mesmo?

— Há uns quatro anos, mais ou menos.

— E antes disso? Como era Anneli?

— Sempre foi uma garota difícil. Antes do incidente na loja, implicava com tudo e com todos. Mas depois seu ódio se concentrou em uma única direção.

— Que direção?

— Os imigrantes.

— Então Anneli tem convicções políticas ou raciais?

— Sim.

— E agora ela e Marcus estão namorando?

— Estão.

— E sentem o mesmo tipo de ódio contra os imigrantes?

— Sim.

— Provavelmente é isso que os une.

— Marcus chegou a falar sobre Hilmer com você?

— Nunca.

— Tem certeza?

— Ele nunca me falou nada sobre Hilmer, que é bem mais novo. Os dois nunca saíram nem tiveram coisa alguma em comum. Além disso, Marcus quase não conversa mais comigo.

— Margit apontou para a toalhinha sobre a TV. — Eu tinha uma fotografia dele bem ali. Mas tirei porque não conseguia mais olhar para ela, acredite.

— Posso ver a foto?

Margit se levantou, foi até a mesa e abriu uma gaveta sob o tampo. Tirou uma fotografia grande com moldura cinza. Era de um garoto de cerca de 12 anos, com o mar ao fundo. Olhava direto para a câmera e segurava uma vara de pescar. Provavelmente era verão e ele parecia feliz, exuberante.

Fors observou a foto durante alguns instantes e a entregou a Margit, que a colocou de volta na gaveta. Ficou parada por alguns instantes, olhando pela janela.

— Estou preocupada com aquele pinheiro ali fora. Se tombar para este lado, irá destruir o telhado.

Ficou em silêncio durante algum tempo antes de continuar: — As pessoas adoram julgar as mães sozinhas: "Se ela não tivesse se divorciado, nada disso teria acontecido", "Se o garoto tivesse um pai de verdade, não teria seguido o mau caminho". Mas há muitas crianças neste mundo que crescem sem pai e nem todas se transformam em marginais. Obviamente, a falta do pai não é a causa, certo? — E olhou, ansiosa, para Fors.

— Não sei — ele respondeu.

— O que acha?

Parecia desesperada para se livrar da culpa que sentia.

— Realmente não sei – disse Fors. Sua função era investigar, não dar respostas. Essa é a função de um juiz.

Enquanto os dois conversavam, Hilmer se arrastava pela sala, encostando-se nas paredes sem ser notado.

Estava invisível, desaparecido.

Procurava e chamava, chorando:

— *Ellen!*

Fors guardou o caderno na pasta.

— Obrigado pela ajuda.

— Que ajuda?

— Estou tentando descobrir os melhores locais para procurar. E você me ajudou.

Margit colocou o dedo na terra de um vaso para verificar se estava úmida.

— Marcus foi um dos motivos de Sven e eu nos separarmos. Sven foi presidente do conselho durante algum tempo, e ter um enteado *skinhead* não era exatamente algo positivo para sua imagem. Para mim, isso também tem sido um grande problema. Só me traz tristeza e aborrecimentos. As noites se tornaram terríveis.

Fors se levantou e ela o acompanhou até a porta.

— Espero que o encontrem — disse.
— Vamos encontrar — respondeu Fors. — Mas antes de ir vou prender a corda no mastro para você.

Na base do mastro Fors observou que havia uma data escrita: 12 de junho de 1957. Foi o ano em que terminou o ginásio. Lembrou-se de sua mãe na festa de formatura, usando um vestido azul de bolinhas, e de ter dado um ramalhete de flores à professora. Tentou lembrar, enquanto prendia a corda ao mastro, que tipo de flores eram, mas não conseguiu.

Quando já estava indo embora, um Opel azul estacionou bem atrás do seu. A aba protetora contra o Sol do lado do passageiro estava abaixada e tinha uma placa com a palavra "Imprensa".

A motorista parou a poucos centímetros do automóvel de Fors e desceu. Usava jeans, jaqueta de brim e suéter cor-de-rosa, peludo. O cabelo curto e loiro estava preso em dois rabos-de-cavalo. Tinha uns 30 anos.

Apresentou-se a Fors. Chamava-se Annika Båge e trabalhava para o jornal da região.

Fors se apresentou e ela perguntou:
— Você está procurando Hilmer Eriksson, certo?
— Sim.
— E como estão as investigações?
— Já iniciamos as buscas.
— Têm alguma notícia?
— Ainda não.
— Mais policiais estão trabalhando no caso?

Enquanto fazia as perguntas, a repórter pegou um pequeno bloco de anotações, uma caneta nos bolsos da jaqueta e começou a anotar.

– Sim, há mais alguns.

– Vocês suspeitam que tenha havido um crime?

– Bem, o que sabemos é que Hilmer desapareceu por volta das dezoito e trinta do sábado e que ninguém o viu depois disso.

A repórter apontou, com a caneta, para a casa.

– Sua visita a Margit Lundkvist tem a ver com a investigação?

– Margit trabalha na escola em que Hilmer estuda e conhece todos os alunos. Está nos ajudando com algumas informações.

– E vocês suspeitam de quais alunos?

– Não posso comentar isso.

– Margit tem um filho neonazista bem conhecido por aqui. Sua visita tem algo a ver com ele?

– Sem comentários.

– Quando vocês acham que encontrarão Hilmer Eriksson?

– Não sei.

– O que acha que aconteceu?

– Ainda não sabemos.

– Mas de que desconfia?

– Ainda não temos dados suficientes para imaginar.

Isso, claro, não era verdade. Mas Fors não daria informações a uma jornalista, para correr o risco de vê-las publicadas nas manchetes do dia seguinte.

— Obrigada, detetive. Ainda vamos nos encontrar por aí — disse Båge, entrando no carro e indo embora.

Assim que saiu, um Volvo vermelho estacionou no mesmo lugar. Era Olle Berg.

— Então Båge já está preparando uma reportagem!

— Não sei — disse Fors.

— Ela é jornalista, vai querer publicar alguma coisa. Você conhece esse tipo, não?

— E você, conhece?

Berg estava com as mãos nos bolsos da calça. Pensou por um instante enquanto passava a língua em um pequeno corte de navalha acima do lábio superior.

— Vou lhe dizer o que acho.

— Por favor — respondeu Fors.

— Que esta história ainda vai acabar mal.

— É mesmo?

— Encontrei Nilsson e seu colega com o cão. O que estão procurando, afinal?

— Hilmer Eriksson.

— Logo vi. Também sei que interrogou o filho de Malmsten. É ilegal questionar um menor sem a presença dos pais, sabia?

— Malmsten não é suspeito. Nilsson pediu sua ajuda porque achou que poderia nos auxiliar nas buscas.

— Não foi o que me disseram.

— E o que lhe disseram?

— O que vou contar ao seu superior — respondeu Berg, dando um passo à frente e se aproximando tanto de Fors que ele conseguiu sentir sua respiração, apesar do vento. – Sabe o que acabamos de fazer?

Fors balançou a cabeça mas não se afastou.

– Diga, o que acabaram de fazer?

– Pagamos uma verdadeira fortuna a uma agência de propaganda para divulgar nossa cidade na Alemanha. A campanha publicitária irá atingir Berlim, Munique e Colônia. Queremos que os turistas alemães venham nos visitar. É nossa última chance de atraí-los, ao menos até você aparecer.

– Sim, até eu aparecer – respondeu Fors.

– Parece que você ainda não entendeu o que essa sua busca pela sujeira neonazista pode fazer.

– E por que tem tanta certeza de que há sujeira neonazista nessa história? – perguntou Fors com uma expressão nada simpática no rosto.

– Você sabe muito bem.

– Só o que sei, Berg, é que você está atrapalhando minha investigação.

– Vou conversar com seu superior. Conheço Hammarlund. – Berg se aproximou ainda mais de Fors. – E vou logo avisando: se você der com a língua nos dentes sobre esses neonazistas, a Båge ou a qualquer outro jornalista, irá se ver comigo.

– É mesmo? O que vai fazer?

Berg não respondeu. Apontou para a casa de Margit e perguntou:

– O que foi que ela lhe disse?

– Sobre o quê?

— Sobre seu filhinho *skinhead*.

Fors não respondeu.

— Pense bem. A partir do ano que vem não se poderá mais viver do processamento de madeira. A Welux já tem planos de deixar a cidade. Em menos de três anos isso aqui pode se transformar em um verdadeiro deserto.

— Entendo que estejam passando por dificuldades — disse Fors. — Mas meu trabalho é encontrar o garoto que desapareceu.

Berg balançou a cabeça. Fors observou as olheiras escuras sob seus olhos.

— Pense bem no estrago que você pode causar. O que acha que vai acontecer com o valor das propriedades quando a Welux fechar a fábrica e se mudar? Será uma verdadeira catástrofe econômica. O preço do metro quadrado vai despencar. Quem vai querer morar aqui? É muito longe da cidade para ir e vir todo dia. Estamos tentando persuadir a Welux a ficar, mas o turismo ainda é nossa melhor opção. Acha que alguém virá passear aqui se souber que o local tem problemas de racismo? E tudo isso por causa de um bando de desajustados que mal sabem o que estão fazendo! As empresas são muito sensíveis a esse tipo de coisa, hoje em dia. Há alguns anos as ações da H&M despencaram porque a companhia não agiu rápido o suficiente quando seu nome foi associado a trabalho infantil. Portanto, pode estar certo de que, se a região adquirir má reputação, a Welux não hesitará um só instante em se mudar daqui.

— Entendo tudo isso. Mas estou procurando um garoto desaparecido. É um problema totalmente diferente.

Berg balançou novamente a cabeça.

– Sabe o que eu acho?

– Não.

– Acho que seria até melhor se não o encontrassem.

– E por que não encontraríamos?

– Só digo que seria melhor se não encontrassem.

– Você é maluco?

– O que está feito está feito, certo? Encontrar o garoto não vai mudar as coisas.

Os dois ficaram em silêncio por um instante.

– Você sabe de algo que eu deveria saber? – perguntou Fors.

Berg continuou em silêncio. A discussão parecia estar consumindo suas energias.

– Se sabe, diga logo.

Berg tirou as mãos dos bolsos e chutou o cascalho próximo de seus pés.

– Vamos lá – disse Fors. – Já entendi que você quer proteger a reputação desta área, mas o que vai acontecer se souberem que o conselheiro está atrapalhando a investigação do desaparecimento de uma criança, especialmente quando há suspeita de crime?

Berg continuou chutando o cascalho. Seu comportamento lembrou a Fors os ladrões que tinha que interrogar às vezes, acusados de pequenos furtos.

– Vi alguns garotos na trilha perto do rio no sábado.

– Que garotos?

— Não sei. Vi de longe.
— A que horas?
— Por volta das seis e meia.
— Onde estava quando os viu?
— Colocando papel de parede na sala.
— Em sua casa de veraneio?
— Sim.
— E o que viu?
— Ouvi vozes bêbadas e fui olhar pela janela. Havia dois garotos sentados no banco e um terceiro sobre o encosto. Tinha uma lata de cerveja na mão.
— Como estavam vestidos?
— Usavam roupas comuns, mas pretas.
— Algo mais?
— Não enxergo como quando era jovem. Mas acho que um deles era uma garota.
— Por quê?
— Pela voz, quando gritava.
— E o que ela gritava?
— Eram só gritos. Eles estavam bêbados.
— Tem certeza do horário?
— Sim. Minha esposa telefonou e perguntou a que horas eu ia para casa. Falei com ela enquanto observava os garotos lá fora. E olhei para o relógio. Eram seis e meia.
— E depois?
— Continuei a colocar o papel de parede.
— Quanto tempo ainda ficou na casa?

— Até sete e meia.
— Passou pela trilha às sete e meia?
— Sim.
— E onde estavam os garotos?
— Não sei. Já tinham ido.
— Mas não os ouviu enquanto colocava o papel de parede?
— Liguei o rádio.
— Então não sabe se fizeram mais barulho ou se foram embora?
— Não.
— Há mais algum detalhe sobre os garotos de que se lembre?

Berg pensou por um instante.
— Não.
— Obrigado pela ajuda.

Berg respirou fundo, como se estivesse se preparando para o que iria dizer.
— Não falei por mal quando disse que seria melhor não encontrarem o garoto. Espero que tenha entendido.
— Entendo como se sente – respondeu Fors. – Mas o que acha que aconteceu com ele?

Berg ficou em silêncio por um instante.
— Para ser honesto, não tenho um bom pressentimento. Se Hilmer passou por ali... e aqueles garotos não gostavam dele... pode ser que vocês o encontrem no fundo do rio com a roda da bicicleta em volta do pescoço. Não tenho certeza, mas a garota que estava gritando poderia muito bem ser Anneli

Tullgren, e ela se irrita com facilidade. Nordström disse que Hilmer e Anneli brigaram na escola. Tenho medo de que algo terrível possa ter acontecido.

    Berg se despediu, entrou no carro e foi embora. Fors olhou para o mastro. A corda estava presa e já não fazia mais barulho.

    Por um instante teve a impressão de ver uma sombra por trás da cortina da sala de Margit, mas achou que estava imaginando coisas. Sentia fome e pensou em ir a uma pizzaria. Mas decidiu verificar como estavam as buscas na trilha.

Noite de segunda-feira

O carro de Nilsson estava no estacionamento. Fors parou ao lado dele, saiu e seguiu a trilha em direção à casa de veraneio de Berg. Ao chegar, espiou pela janela que dava para a trilha. O chão estava coberto com panos e sobre uma mesa no centro da sala havia alguns rolos de papel de parede, um rádio e uma garrafa térmica igual à que Nordström tinha em sua sala.

Fors deu a volta na casa algumas vezes, parando no lado que dava de frente para a trilha. O banco ficava um pouco distante, a uns trezentos metros. Não era muito fácil enxergar quem estava sentado nele, principalmente porque havia algumas árvores no caminho.

Aproximou-se do banco e viu Nilsson vindo rapidamente em sua direção.

– Encontrou algo? – perguntou Fors.

– Nada por enquanto. O cão farejou, mas não pareceu encontrar pistas. A mata é bastante fechada e o vento também atrapalha.

Nilsson mostrou seu sapato e uma das pernas da calça, ambos encharcados até o joelho.

— Pisei em uma vala — explicou. — Hammarlund está vindo de Aln. Deve chegar em uns quinze minutos.

— E os outros?

— Ainda não vieram.

Fors contou a Nilsson sobre a conversa que tivera com Berg.

— É, a coisa está ficando feia — comentou o policial, examinando mais uma vez seu sapato.

— Vamos precisar de alguns mergulhadores — comentou Fors.

— Vou com você — disse Nilsson. — Tenho um par de botas no carro.

— O que sabe sobre a família Tullgren? — perguntou Fors enquanto os dois caminhavam.

— A esposa tem uma loja de conveniência e o marido, um caminhão. Já cumpriu pena por crimes de pequeno porte, como receber mercadoria roubada e coisas do tipo. E ela tem um bom faturamento na loja. Soube que sonega impostos e deixa de pagar taxas sobre os produtos sempre que pode. Parece que o negócio é uma verdadeira mina de ouro. É isso que eu deveria fazer: abrir uma loja dessas em vez de andar pela mata encharcando meus pés.

Quando chegaram ao estacionamento, encontraram Hammarlund em seu Volvo sedã azul-marinho. A lataria brilhava tanto que o carro parecia saído da loja. Ainda estava com o motor ligado.

Nilsson foi para seu carro.

Sem esperar convite, Fors abriu a porta e entrou no Volvo. Sentiu cheiro de couro e de loção pós-barba. Hammarlund usava um conjunto de moletom azul e parecia ter cortado o cabelo recentemente.

No banco de trás havia uma sacola esportiva com uma raquete. Hammarlund tinha sido bicampeão de *badminton*.

— Como estão as coisas, Fors?

— Bem, acho que você já sabe.

— Conte outra vez.

— O garoto saiu de bicicleta para buscar uma toalha em Vallen mas passou antes na casa da namorada, filha da pastora de Vreten. Nilsson não lhe contou porque ainda não sabe. Hilmer saiu da casa dela por volta das seis e meia para pegar a toalha e voltar a tempo de assistir a uma partida de futebol na televisão. Tudo indica que passou por aquela trilha. Olle Berg, presidente do conselho local, tem uma casa de veraneio perto da trilha. Ele diz ter visto alguns adolescentes bebendo e conversando no local por volta das seis e meia. Eram dois rapazes e uma moça e temos quase certeza de quem são. Freqüentam a escola de Hilmer e a garota não gosta dele. Os três são *skinheads*. Usam roupas como as do Exército, pintam suásticas nas paredes e ameaçam os filhos dos imigrantes. Há cerca de um mês Hilmer interveio em uma briga entre eles e um garoto chamado Mahmud. Logo depois alguém desenhou uma suástica na porta de seu armário, na escola. O zelador pintou a porta e poucos dias depois escreveram a palavra "traidor". Meu palpite é que Hilmer veio pela trilha, encontrou os garotos e algo aconteceu. Imagino que esteja jogado em algum lugar por aqui. Preciso de todo o pessoal que você puder conseguir e de mergulhadores para procurar a bicicleta no rio.

Hammarlund tamborilou os dedos no volante do Volvo.

— Mas ainda não há informações concretas.

— Também conversei com um dos garotos, Henrik Malmsten. Fingi não saber que ele tinha estado perto do rio no sábado à noite. Primeiro disse que poderia ter passado por lá, mas depois mudou a história. Talvez haja mais alguém envolvido.

Hammarlund passou as mãos pelo cabelo.

— Ainda estamos trabalhando com suposições. Você não tem evidências, algo mais concreto?

— Não. Mas vou ter se você conseguir pessoal para me ajudar.

— Onde está a toalha?

— A toalha?

— Estava em Vallen?

— Acabei me esquecendo disso. Vou perguntar a Nilsson.

— Qual é o próximo passo?

— Nilsson vai supervisionar as buscas aqui. Há outro rapaz, um *skinhead* que mora na cidade, chamado Marcus Lundkvist, provavelmente o líder do grupo. Estou pensando em ir até lá falar com ele. Espero que possamos iniciar as buscas com os mergulhadores logo de manhã, assim que clarear. E temos de continuar com o pessoal na mata. Se aconteceu o que imagino, logo iremos encontrar alguma coisa. Criminosos sempre deixam pistas. Stenberg e Johansson irão encontrá-las.

Hammarlund ficou pensando durante alguns instantes.

— Muitos adolescentes fogem de casa. E alguns chegam a cometer suicídio.

— Chefe, o garoto passou pela casa da namorada e só saiu porque a mãe pediu. Estava com pressa de voltar para assistir a um jogo na TV. É muito pouco provável que tenha decidido se matar no caminho. Algo muito sério deve ter acontecido com ele. Tenho quase certeza de que iremos encontrar seu corpo caído em algum lugar.

Hammarlund balançou a cabeça e tamborilou novamente os dedos no volante.

— Tenha muito cuidado com o que declara à imprensa. Não queremos manchetes escandalosas divulgando o vexame caso não encontremos o garoto ou nada de sério tenha acontecido. Mande os repórteres virem falar comigo.

— Está certo — disse Fors, saindo do carro.

Quando Hammarlund saiu, Fors viu Nilsson encostado no capô da viatura, falando ao telefone. Desligou, guardou o aparelho, endireitou-se e puxou a calça para cima, ajeitando o cinto. O vento fazia voar folhas e pequenos galhos secos ao redor dos dois.

— Stenberg e Johansson estão no outro estacionamento — disse Nilsson. — Começaram a procurar na trilha. — Fors observou que ele tinha trocado os sapatos pelo par de botas.

— Isso é bom. Vá encontrá-los e ajude-os no que for possível. Vou até a cidade para conversar com Marcus Lundkvist.

Se precisar falar comigo, pode telefonar para minha casa. Voltarei amanhã bem cedo. Esteja na delegacia logo de manhã com Söderström, Johansson e Stenberg. Espero que até lá já tenhamos um mergulhador. E quanto à toalha? Você sabe onde está?

— A toalha? Estava pendurada na sala dos armários em Vallen. Nós a levamos e Anna Eriksson a identificou. Não lhe contei?

— Não me lembro. Mas agora sabemos que Hilmer não chegou a Vallen. Como saiu de Vreten às seis e meia, deve ter passado por aqui às vinte para as sete.

Nilsson concordou com um gesto de cabeça.

— Vou para a cidade — disse Fors.

— Vá com cuidado. O vento pode ter derrubado algumas árvores na estrada.

Fors não tinha pressa. Dirigir devagar pela estrada lhe daria tempo para pensar no caso. E para ouvir sua intuição.

Estava com fome quando chegou a Aln, mas simplesmente a ignorou. Parou em uma loja de conveniência, comprou apenas uma garrafa de água mineral e foi bebendo no caminho.

Marcus morava em um bairro afastado e sombrio, diferente daqueles comuns em cidades planejadas. Fors trabalhara em bairros assim em Estocolmo e a experiência foi tão ruim que ele quase desistiu da profissão. Mas acabou decidindo que já não tinha mais idade para fazer carreira em outra área e pediu transferência para Aln.

Encontrou uma vaga na rua, estacionou e caminhou até a porta do prédio. Duas meninas, em torno de dez anos de idade, pele morena, cabelo preto e saias vermelhas estavam sentadas na escada do primeiro andar, que dava para a rua. Olharam para o detetive e ficaram em silêncio. Da porta aberta de um dos apartamentos ouvia-se algo que parecia música popular árabe. Havia urina no chão do elevador e Fors subiu pela escada.

Marcus Lundkvist morava no quinto andar. As portas tinham placas com nomes em outro idioma. Apenas em uma delas não havia identificação. Fors se dirigiu até ela, bateu, esperou alguns instantes mas ninguém atendeu. Bateu novamente e espiou pela fresta da caixa de correspondência. Não viu movimento algum dentro do apartamento.

Uma porta se abriu no outro lado do corredor. Um homem alto e forte, de bigode grisalho e olhos escuros, o fitou.

— O que você quer? — perguntou.

— Sou da polícia — respondeu Fors, alisando seu pequeno bigode e mostrando o distintivo.

O homem sorriu.

— Já fui policial em Teerã, capitão do departamento de homicídios.

Fors foi até ele e estendeu a mão. O homem tinha um aperto tão forte que quase quebrou seus ossos. Fors recolheu a mão, agora dolorida, e apontou.

— Você conhece o rapaz que mora ali?

— Não o conheço, mas sei seu nome.

— Qual é?

— Luntkvist — respondeu, trocando o "d" por "t". — Ouve música em alto volume a noite toda. Meus filhos nem conseguem dormir. A mim não afeta, mas minha filha estuda e precisa descansar. Já reclamei mas não adiantou. — Deu de ombros e levantou as mãos.

— Quando o viu pela última vez?

— Há alguns dias. Mas ouvi música em seu apartamento ontem à noite.

— Sabe se ele estava em casa no sábado?

— Apareceu depois do jogo de futebol na TV, com alguns amigos. Ficaram cerca de uma hora e depois foram embora. Fizeram uma tremenda algazarra no corredor, quebrando garrafas de cerveja e chutando as portas. Por que vocês, suecos, fazem tanto barulho quando estão bêbados?

— Somos descendentes de lenhadores das florestas e não de anciões cultos como vocês, persas.

— Esse rapaz é um problema.

— Lundkvist?

— Sim.

— Obrigado pela ajuda.

O capitão deu de ombros mais uma vez, em um gesto resignado, e fechou a porta. Fors desceu pela escada. As duas meninas ainda estavam sentadas nos degraus do primeiro andar. Uma delas tinha um saco plástico com bolinhas de gude na mão. Fors desejou que elas jamais cruzassem com Lundkvist e seus amigos pelos corredores. Parou e olhou para elas.

— Já é tarde. Vocês não deviam estar em casa?

As duas entreolharam-se.

— Vocês deviam estar em casa a esta hora.

Uma delas riu e a outra o fitou, muito séria. Então se levantaram, conversando em uma língua que Fors não conseguiu identificar, e subiram a escada.

Ao chegar à rua, ele foi recebido por uma rajada de vento. Abaixou um pouco a cabeça e, caminhando de olhos semicerrados, quase esbarrou em Sven Humbleberg, que vinha em direção oposta.

— Você sabe onde Marcus está? — Fors perguntou.

— Não.

— Ficou de se encontrar com ele aqui?

— Não.

— Mas veio vê-lo, não?

— Ia ver se estava em casa.

— Ele não atendeu. Podemos ir até meu carro?

— Sim — respondeu Humbleberg, um pouco relutante.

Os dois entraram em silêncio.

— Então, o que está fazendo aqui?— Vim falar com Marcus.

— Sobre o quê?

Humbleberg hesitou novamente e disse:

— Eu o vi no sábado.

— Onde?

— Ele veio à minha casa pegar umas ferramentas emprestadas. Tinha passado pela casa de Anneli e os dois terminaram o namoro.

— A que horas foi isso?

— Pouco antes das três.

— E para onde ele foi depois?

— Disse que vinha para casa consertar o carro e depois assistir ao jogo. Sugeri que fosse ver a mãe, mas ele explicou que não daria tempo.

— E por que você está aqui hoje?

— Queria falar com ele.

— Sobre o quê?

— Sobre Hilmer.

— Hilmer?

— Queria ter certeza de que Marcus não está envolvido no desaparecimento do garoto. Se estiver, quero que vá à polícia.

— Acha que ele faria isso se você pedisse?

— Não sei. Mas preciso tentar.

— O que ele disse sobre Anneli?

— Que o namoro acabou.

— Quem decidiu terminar?

— Marcus disse que foi ele.

— Tem certeza do horário?

— Eu tinha uma reunião às três horas e por isso saí de casa às dez para as três. Marcus foi embora alguns minutos antes.

— Qual era o problema no carro?

— Nenhum. Ele queria instalar um sistema que corta a ignição para dificultar furtos.

— Marcus tem habilidade para instalações desse tipo?

— Ele não é nem um pouco burro. Aprende com facilidade tudo que quer.

— Então você veio para falar com ele?
— Sim. — O vento sacudia o pequeno carro. — Telefonei hoje de manhã — continuou Humbleberg. — Foi a primeira coisa que fiz ao saber que Hilmer tinha desaparecido.
— O que você pensou?
— Só desejei que Marcus não estivesse envolvido.
— Então imaginou que ele poderia estar?
— Margit não agüentaria uma notícia dessas.
— Mas o que o leva a pensar que ele possa ter alguma coisa a ver com esse desaparecimento?
— Ele conhece bem Anneli, Bulterman e Malmsten. Mas acho que acabou mesmo vindo para casa no sábado. Parecia ansioso em voltar e fazer a instalação no carro.

Os dois olhavam para a frente enquanto falavam, com as mãos no colo. De repente um rapaz passou atrás do carro. Tinha o cabelo quase raspado, usava calça jeans preta e uma jaqueta.

Humbleberg abriu a porta e saiu.
— Marcus! — chamou.

O moço se virou. Estava com as mãos nos bolsos e os ombros encolhidos.
— O que é?
— Podemos conversar?
— Sobre o quê?
— Venha até aqui.

Marcus se aproximou do carro.
— Venha até aqui para falar comigo um instante — pediu Humbleberg.

Marcus deu mais alguns passos na direção do veículo.

– Quem é esse aí com você?

Fors saiu.

– Sou o detetive Fors, da polícia. Estou investigando o desaparecimento de Hilmer Eriksson.

– Bem, ao que sei ele não está aqui – disse Marcus.

– Mas você o conhece?

O rapaz não respondeu.

– Você sabe quem é Hilmer? – repetiu Fors.

– Você é mesmo policial?

– Sim.

– Vocês estão sempre procurando as pessoas erradas, não?

– Não vai responder à minha pergunta?

– E você? Não vai responder à minha?

– Hilmer Eriksson desapareceu.

– Quero que ele se dane.

– Marcus – interveio Humbleberg.

O rapaz se virou para ele.

– Foi você quem o trouxe aqui?

– Marcus...

– Eu não converso com esses tipinhos. – Virou as costas e saiu. Fors e Humbleberg o observaram se afastando.

– Quer carona para algum lugar? – perguntou Fors.

– Meu carro está ali atrás, obrigado. Vou para casa agora. – Humbleberg declarou.

– Bem, até logo então – disse Fors, entrando novamente em seu automóvel.

Observou Humbleberg pelo espelho retrovisor até ele sair e virar a esquina. Desceu do carro e foi para o prédio de Marcus. As duas meninas não estavam mais na escada. Enquanto subia, Fors ouvia uma briga em um dos apartamentos e o choro de uma criança em outro. Quando chegou ao andar do apartamento de Marcus, teve de parar para respirar. Estava zonzo de fome. Bateu à porta e ouviu alguns ruídos do outro lado.

Bateu novamente. Marcus abriu uma fresta. Quando viu Fors, tentou fechá-la, mas não conseguiu. O detetive colocara o pé entre ela e o batente.

– Se preferir, posso voltar com alguns amigos fardados.

– Já disse que não falo com gente como você.

– Você é quem sabe. Se não quiser falar comigo agora, irei intimá-lo para um interrogatório.

– Não pode. Eu não sou suspeito de crime.

– O que aconteceu aqui no corredor no sábado à noite?

– Do que está falando?

– Você e seus amigos não estavam fazendo baderna e ameaçando os vizinhos?

– Não, não estávamos.

– Veja bem... Se não me deixar entrar, eu vou embora, mas volto em quinze minutos e acompanhado. Você tem alguns objetos militares aí dentro e não gostaria de mostrá-los, certo?

Marcus soltou a porta e caminhou para dentro do apartamento.

Fors entrou e olhou rapidamente em volta. Era uma espécie de quitinete. Sobre o balcão cinza da cozinha havia uma caixa aberta de pizza. E no quarto um colchão no chão, sob um cobertor de penas, uma luminária e uma pilha de livros.

A sala era praticamente vazia, sem cortinas ou qualquer tipo de decoração, apenas a fotografia de um homem de expressão séria na parede, usando um capacete da Segunda Guerra Mundial. Ao fundo via-se um horizonte avermelhado. Na outra parede estava pendurada uma bandeira nazista. Os únicos móveis eram uma mesa de jardim e três cadeiras dobráveis.

Fors olhou pela janela e viu seu carro. Sobre o peitoril havia uma baioneta. Tratava-se de um fuzil sueco, antigo, produzido em 1896. Ainda era usado quando Fors serviu o Exército.

O detetive a pegou, puxou-a para fora da bainha e observou a lâmina. Estava bem cuidada e lubrificada.

— Você leva isto quando sai de casa?

— Não tenho de responder.

— Podemos terminar esta visita rápido ou levar horas. Sabe que pode ser despejado por causa daquilo que aconteceu no sábado?

— Suas ameaças não me assustam.

— Você teria de voltar para a casa de sua mãe.

— Não coloque minha mãe nessa história.

— Você mesmo a colocou nesta história faz tempo.

— Não sabe o que está dizendo.

— Não era a chave dela que usava para entrar na escola fora do horário, cinco anos atrás? Se não me engano, pintava suásticas nas portas dos armários dos professores, certo?

— Há um limite na lei para interrogar pessoas, sabia?

— Não estou falando de crimes e sim explicando como você colocou sua mãe nesta história. O que fez no sábado?

— Não é da sua conta.

Fors se sentou em uma das cadeiras e cruzou as pernas.

— São os móveis do jardim de sua mãe?

Marcus não respondeu.

— Você deveria saber se virar sozinho, mas não consegue ficar muito tempo nos empregos que arranja porque irrita as pessoas e não gosta delas. Depende de sua mãe para viver e ainda me diz para deixá-la fora desta conversa? Como acha que ela se sente tendo de sustentar alguém como você? Quanto tempo acha que ela vai agüentar?

— Você não veio aqui para bancar o assistente social. Despeje logo tudo o que tem a dizer e caia fora.

Fors raspou com a unha uma mancha de tinta sobre a mesa.

— Vamos, fale logo! — gritou Marcus.

— O que quer que eu diga?

— Foi você que veio me procurar.

— Você sabe do que se trata. Sabe que Hilmer Eriksson desapareceu.

— Nem conheço esse cara.

— Fale um pouco sobre o que desenharam na porta do armário dele.

— Não faço a menor idéia do que está falando.

— Alguém andou depredando o armário de Hilmer na escola. Escreveram ofensas e símbolos nazistas. Pode ter sido Anneli Tullgren. Vocês se conhecem bem.

— Não estamos mais juntos.
— Desde quando?
— Desde sábado.
— Você esteve com ela no sábado?
— Isso não é da sua conta.
— Estou perguntando se viu Anneli no sábado. Responda ou vai direto para a delegacia.

Marcus olhou para Fors, que só então percebeu que ele tinha olhos azuis.

— O que você prefere?
— Sim, estive com ela no sábado.
— Onde?
— Na casa dela.
— A que horas?
— Não sei. Lá pelo meio-dia.
— Quanto tempo ficou lá?
— Algumas horas.
— Seus pais estavam em casa?
— Não.
— E aonde foi depois de sair de lá?
— Para a casa de Sven.
— O que foi fazer lá?
— Pegar algumas ferramentas.
— E depois?
— Vim para casa e fiquei mexendo em meu carro.
— Quanto tempo ficou trabalhando no carro?
— Até as seis, quando meu amigo Rolle chegou.

– E depois?
– Fomos a um bar chamado Capri, assistir ao jogo.
– A que horas chegou ao Capri?
– Um pouco depois das seis.
– E quanto tempo ficou lá?
– A partida começou às sete. Chegamos depois das seis e saímos depois das dez.
– E para onde foram?
– Viemos para cá com mais algumas pessoas.
– E o que fizeram no Capri?
– Assistimos ao jogo, claro! Você é surdo ou o quê?
– Quantas pessoas havia no bar?
– Estava cheio. Por sorte nos sentamos logo à frente, nos melhores lugares.
– Então muitas pessoas o viram no Capri?

Marcus olhou para Fors com atenção demonstrando muita raiva.

– As pessoas estavam lá para assistir a um jogo de futebol. Eu me sentei bem na frente e me levantei para comemorar os gols. E foram quatro. Portanto, todos me viram.
– Imagino que sim. Por que terminou o namoro com Anneli?
– Ela ainda está no ginásio.
– E o que tem isso?
– E o que tem isso? – repetiu Marcus, imitando-o.
– Você não gosta de garotas mais jovens?
– Você não entende mesmo, não?

— Rapazes como você costumam gostar de garotas mais jovens, que se impressionam com esse jeito de mau. Anneli é perfeita para isso.

— É. Já vi que você não entende coisa alguma.

— Explique, então.

— Não tenho de lhe dar satisfação.

Fors tamborilou os dedos na mesa.

— Já terminou? — perguntou Marcus.

— Acha que já terminei?

— Não sei, mas se terminou caia fora.

— Marcus, o que acha que aconteceu com Hilmer?

— Como vou saber?

— Acha que alguém o feriu?

— Não sei e não quero saber.

— Acha que pode ter sido um conhecido seu?

— Saia daqui! — Marcus gritou tão alto que seu rosto ficou vermelho.

Fors nem se abalou.

— Se os agressores de Hilmer forem menores, irão para a detenção em condições especiais, junto ao Serviço Social, por um bom tempo. Mas alguém de sua idade pode ir direto para a cadeia.

Marcus fez cara de desdém.

— Você não me assusta.

— Não estou tentando assustar. Só estou dizendo como as coisas são. Logo encontraremos Hilmer e, se ele estiver ferido ou morto, iremos descobrir quem é o culpado. Então, pense bem. Se tiver algo a dizer, é só ligar para a delegacia. E se estiver diretamente envolvido, será muito melhor ajudar nas investigações. Aliás, se eu fosse você, pensaria melhor em tudo, inclusive no que anda fazendo aqui. Não quer ser despejado, quer? Afinal, é um lugar só seu, onde pode guardar sua baioneta, seus símbolos e pôsteres.

Fors pôs-se para fora. Experimentou verdadeiro alívio ao sentir o vento em seu rosto na rua. Apesar da poeira, ainda era ar mais puro.

Ao chegar a seu apartamento, foi direto para a cozinha, antes mesmo de tirar a jaqueta. Colocou água em uma panela, levou-a ao fogo e preparou uma salada com alface e tomates, que tinha na geladeira. Tomou um banho rápido, voltou à cozinha e colocou espaguete na água fervendo. Depois pegou um pedaço de queijo parmesão e o ralou inteiro. Voltou ao quarto, vestiu o robe azul que ganhara da ex-esposa no Natal e dirigiu-se novamente à cozinha. Sentou-se à mesa e abriu a correspondência. Eram duas contas e uma solicitação da biblioteca para devolver um livro que emprestara fazia muito tempo.

Quando o espaguete ficou pronto, colocou sobre ele um pouco de manteiga, o queijo ralado e serviu-se. Enquanto comia, pensava em Hilmer. E tentava lembrar onde colocara o livro da biblioteca. Quando terminou, lavou a louça e foi procurar na sala. Encontrou o romance sob uma pilha de jornais. Estava com o livro na mão quando o telefone tocou. Era Nilsson.

— Você precisa comprar uma secretária eletrônica – disse Nilsson.
— Está quebrada.
— Encontramos o garoto.
— Onde?
— Em uma pilha de adubo atrás da casa de Hagberg, aquela pequena com cogumelos em volta. Sabe onde é?
— Sim.
— Söderström e o cão o encontraram logo depois que você saiu.
— Ele está vivo?
— Sim, mas muito mal.
— O que aconteceu?
— Parece que o espancaram. Estava inconsciente quando o encontramos. Nós o levamos ao hospital da universidade.
— Peça a um fotógrafo para ir ao local imediatamente.
— Agora?
— Sim.
— Mas já é tarde.
— Telefone para Hammarlund. Hilmer precisa ser fotografado enquanto ainda está vivo. Preciso dessas fotos para amanhã. Vou para o hospital agora. Encontro você na delegacia às sete horas, amanhã. Mas antes disso quero ver o local onde o encontraram. Preciso também de homens para efetuar as prisões e fazer buscas em três casas. Tullgren, Malmsten e Bulterman devem ser levados logo de manhã para interrogatório. Também há possibilidade de serem encontrados na escola.

Antes de desligar, deu a Nilsson o número de seu celular. Foi à cozinha, abriu uma garrafa de água mineral e a tomou enquanto olhava pela janela. Em uma casa do outro lado da rua, um casal se beijava. Estavam perto da janela, ela de camisola e ele de camisa. Fors esvaziou a garrafa e a mulher fechou a cortina. Ele se vestiu, colocou o celular no bolso e foi para o carro.

Em menos de dez minutos chegou ao hospital. Foi direto à UTI, mostrou seu distintivo e perguntou a uma enfermeira onde Hilmer estava. Ela apontou para uma porta com a placa: "Sala de cirurgia B". E para outra.

– Os pais dele estão ali. O garoto está sendo operado.

Fors foi falar com os pais. A sala não era exatamente um local de visitas. Os dois estavam sentados em um sofá reservado aos enfermeiros. A mãe chorava em silêncio e o marido, muito pálido, a abraçava.

Fors se aproximou. A mulher nem pareceu notar sua presença.

– Com licença – disse ele, que detestava interromper as pessoas em momentos assim. E se apresentou ao pai.

Anna o cumprimentou com uma espécie de gemido.

– Bateram muito nele – disse Anders Eriksson. – Não fosse pela camiseta, acho que nem o teríamos reconhecido.

Ao dizer isso, começou a chorar compulsivamente, escondendo o rosto no cabelo ruivo e curto da esposa.

– Sei que não é um bom momento para pedir isso, mas preciso que ele seja fotografado. Solicitei um fotógrafo, que já deve estar vindo para o hospital. Se os médicos permitirem, tiraremos algumas fotos.

Fors estava quase sussurrando.

A mulher só chorava.

— Sim, entendo que seja necessário — disse o homem, também quase sussurrando.

Fors estava abatido. Sempre achara difícil entender esse tipo de situação. Como alguém podia fazer aquilo com um garoto bom, que só se interessava por xadrez e futebol?

Hilmer se arrastava pela sala, horrorizado, pois começava a entender o que tinham feito com seu corpo. Viu a mãe chorando e tentou acalmá-la. Mas ela não o via.

Ela não o via.

Hilmer sentia cheiro de folhas podres.

Como se fosse outono.

E não a época dos pássaros.

Como se fosse a época dos corvos.

Fors foi até a enfermeira-chefe e lhe deu o número de seu celular.

— Preciso falar com o médico que examinou Eriksson. Pode me telefonar quando ele estiver livre? Vou esperar lá fora.

— Sim — disse a mulher, vestida com o uniforme verde da UTI, examinando um fichário.

Fors saiu para tomar um pouco de ar. Enquanto isso, Ellen Stare e uma mulher mais velha e alta, de cabelo castanho-escuro e longo, entraram no hospital. Ellen estava com os olhos vermelhos e muito pálida.

– Como está Hilmer? – perguntou.

Fors apontou para a enfermeira e para a sala onde os pais do garoto aguardavam.

– Aquela enfermeira pode lhe dar as informações. E os pais dele estão naquela sala.

Enquanto Ellen falava com a enfermeira, Fors se apresentou à mulher de cabelo longo.

– Aina Stare. Sou mãe de Ellen.

– E eu sou o responsável pelas investigações, pastora.

– É verdade que ele foi espancado?

– Sim.

– E você sabe quem fez isso?

– Não.

– Ele está muito mal?

– Ainda não sabemos. Estou esperando para falar com um dos médicos que o examinaram.

Aina o olhou bem nos olhos, apertou suavemente seu braço como a pedir licença e foi falar com a filha. Fors continuou pelo corredor e saiu.

O vento havia diminuído um pouco. Ele entrou no carro e ligou o rádio. A música era chata, mas Fors não teve ânimo para mudar de estação. Recostou-se e fechou os olhos. Estava quase dormindo quando o telefone tocou.

— O doutor Sjölund pode falar com o senhor agora.

Fors voltou para o hospital. Sjölund, um pouco mais jovem do que ele, apresentou-se e falou rápido, olhando-o nos olhos:

— Hilmer Eriksson estava com hipotermia severa quando foi colocado na ambulância. Foi atingido por um objeto rombudo. Perdeu seis dentes, os lábios superior e inferior estão destruídos, o osso do nariz foi achatado, a mandíbula quebrada e o olho esquerdo foi tão danificado que provavelmente não voltará a enxergar. Duas costelas foram quebradas e os ossos afundaram tanto que danificaram os rins ou o baço. Está totalmente inconsciente e não reage a vozes ou estímulos. E ainda não sabemos se sofreu danos cerebrais. Seu estado é crítico.

— Chamei um fotógrafo. Há problema se tirarmos algumas fotos de Hilmer?

Ainda olhando nos olhos de Fors, o médico respondeu:

— Poderíamos colocar uma orquestra ao lado da cama que ele nem perceberia.

Um *pager* começou a tocar no bolso de Sjölund. Ele o pegou, leu a mensagem e foi até o telefone da recepção.

— Obrigado — disse Fors.

Sjölund se despediu e o detetive foi embora. Não havia mais nada a fazer naquela noite.

Ao chegar em casa, Fors tirou a roupa, abriu a janela do quarto, deitou-se e apagou a luz. Ficou tentando pensar em coisas boas. O cheiro da cerejeira no quintal entrava e preenchia o ambiente.

Fors se lembrou de um riacho.

Era onde costumava pescar quando criança. Para chegar a seu lugar predileto, precisava deixar a bicicleta do lado de fora da mata e caminhar por uma trilha durante quase uma hora. O riacho desaguava em duas piscinas naturais, onde pescava no início do verão. Lembrou-se das iscas e das enormes trutas.

Lembrou-se dos pássaros e dos campos.

Lembrou-se do falcão que voava no céu.

Tentou se concentrar nas lembranças boas mas não conseguiu.

Manhã de terça-feira

Fors chegou ao estacionamento perto da casa de veraneio de Berg antes das seis e meia. Estacionou ao lado dos carros que estavam ali: a viatura de Nilsson, o carro de Söderström, que tinha um compartimento atrás para o cão, e outro veículo policial. Uma perua do laboratório criminal também estava ali. Ao descer do carro, viu Hammarlund chegar no Volvo.

Um ano antes, Hammarlund era superintendente, responsável pelo Departamento de Crimes Graves. Depois foi promovido a chefe de polícia, passando a responder diretamente ao comissário Lönnergren. Mas, para todos os efeitos, ainda era chefe do departamento.

Saiu do carro ostentando sapatos de pala, calça clara com vinco marcado, camisa branca, gravata azul com tiras amarelas e paletó azul-marinho. Olhou irritado para o céu ao perceber que começava a garoar. Abriu novamente a porta do carro e tirou um sobretudo, também de cor clara. Vestiu-o e foi até Fors, que usava a mesma jaqueta de camurça do dia anterior. Mas antes fechou o zíper e levantou o colarinho.

– Vou precisar de botas? – perguntou a Fors.

– É uma boa idéia.

O detetive observou as meias do chefe, azuis com pequenos sinos amarelos desenhados.

– Você tem um par sobrando? – perguntou Hammarlund.

– Nilsson deve ter.

– Onde está ele?

Fors telefonou para o celular de Nilsson.

– Hammarlund quer saber se você tem um par de botas para emprestar.

Nilsson demorou a responder.

– Tenho um par no carro. Que número ele calça?

Fors perguntou a Hammarlund e respondeu a Nilsson.

– Vai servir. – Olhou para o chefe. – Ele está trazendo as botas – disse, olhando para o céu acinzentado. Algumas gotas de chuva começaram a cair em seu rosto. – Ao menos parou de ventar.

Os dois ficaram esperando no carro de Hammarlund, que ainda cheirava a loção pós-barba.

– Fors, o que você pretende fazer agora?

O detetive explicou qual era seu plano.

Hammarlund fez algumas perguntas e enfatizou a necessidade de cuidado, devido à idade dos suspeitos. Decidiu falar ele mesmo com o promotor público.

– Quem será o promotor deste caso? – perguntou Fors.

– Hallman está em Creta, na Grécia, e Brunnberg está doente. Provavelmente será Bertilsson – respondeu Hammarlund. Virou-se, pegou uma pasta cinza no banco de trás e entregou a Fors. – Recebi isto de Wickmans hoje de manhã.

Manhã de terça-feira

Consultou o relógio e olhou para a janela. A chuva aumentara. Nilsson surgiu, usando a capa de chuva branca da polícia. Abriu o porta-malas da viatura, tirou o par de botas e levou-o ao chefe, que abriu a porta e tirou os sapatos.

— Não tenho meias de reserva — disse Nilsson ao ver que Hammarlund usava meias sofisticadas. Viu-o calçar as botas e enfiar as pernas da calça nos canos, para protegê-las. Enquanto isso Fors examinava os documentos da pasta.

— Vamos — disse o chefe, e os três caminharam em direção à trilha.

O banco perto da casa de veraneio de Berg estava coberto com plástico e lacrado com a fita adesiva da polícia. Fors, Hammarlund e Nilsson seguiram para a casa marrom com estatuetas de cogumelos no jardim. Fors sentia a umidade em suas canelas.

A propriedade estava isolada por cordões e fita adesiva da polícia. Uma policial uniformizada e com capa de chuva permanecia parada sob um pinheiro grande. Nilsson apontou para alguns arbustos no fundo do jardim da casa. Atrás deles havia uma montanha de adubo com uma cerca de tábuas ao redor, apoiada em toras fincadas no chão. As tábuas estavam até arqueadas pelo peso das folhas e dos galhos úmidos, apodrecidos. Fors observou que a pilha de adubo tinha sido remexida recentemente. Nilsson começou a descrever o que encontraram.

— Ele estava deitado ali, coberto. Não dava para vê-lo. Jamais o teríamos encontrado sem o cão. À primeira vista pensei que estivesse morto, mas quando o tiramos, vi que me enganara. Chamei a ambulância, que veio rapidamente. Tinham acabado de levar uma pessoa a Granigen. Por isso foi mais rápido. Chegaram em menos de quinze minutos. Nós o tiramos e cobrimos com todos os lençóis e cobertores que conseguimos. E fui imediatamente falar com os pais dele.

Nilsson balançou lentamente a cabeça. A chuva em seu rosto dava a impressão de que estava chorando.

— Acharam mais alguma coisa? – perguntou Hammarlund.

— Um rastro que vinha do banco. Ao que parece, ele foi espancado até perder os sentidos. Os agressores provavelmente tentaram carregá-lo, mas não conseguiram. Então o arrastaram pelas pernas, jogaram-no na pilha de adubo, cobriram-no e foram embora.

Hammarlund enxugou o rosto com um lenço.

— A imprensa já esteve aqui?

— Ainda não.

— Mas não devem demorar. Mande-os falar comigo quando chegarem.

— Pode deixar – respondeu Nilsson.

Enquanto conversavam, Hilmer se arrastava pelo chão na direção deles, tremendo de frio. Queria estar com Ellen naquele momento.

— *Onde está Ellen? Por favor, chamem Ellen!*

Mas ninguém ouvia seu chamado. Ele estava invisível, tinha desaparecido.

E o mesmo acontecia com suas esperanças. Com sua vida.

Só o que sentia eram as folhas de outono apodrecendo em sua boca.

Fors se debruçou sobre as tábuas ao redor da pilha de adubo. Pegou uma folha e a cheirou. A chuva aumentou. A policial se aproximou de Hammarlund, apontou para alguma coisa na mata e cobriu a cabeça com o capuz da capa de chuva.

Fors pegou um pouco das folhas e colocou no bolso direito da calça.

– Provavelmente é um alce – Hammarlund disse à policial.

Fors circulou o entorno da pilha de adubo e perguntou a Nilsson:

– Stenberg e Johansson já verificaram tudo, não?

Ambos eram do Departamento de Medicina Legal. Fors confiava em Stenberg, mas não em Johansson.

– Claro – disse Nilsson. – Colheram até amostras do banco.

– Os dois vieram fazer a coleta?

– Sim, os dois. Aliás, ainda estão no microônibus. Söderström e o cão estão na mata, procurando o sapato que o garoto perdeu.

Fors concluiu que já tinha visto tudo o que precisava.

– Vamos para a delegacia, então.

Virou-se para a policial e leu seu nome, Strömholm, no crachá. Parecia ter se formado recentemente.

– Quando os jornalistas vierem, peça que falem diretamente com Hammarlund. Caso lhe façam perguntas, não responda. E, se tentarem ultrapassar as cordas para tirar fotos, ameace-os com o cão. Ficou claro?

Ela fez que sim com a cabeça.

– Nilsson irá mandar alguém para substituí-la na hora do almoço.

Strömholm fez sinal afirmativo novamente e Fors percebeu que ela tremia de frio.

– Bem, podemos ir – disse.

Hammarlund, Nilsson e Fors voltaram para a trilha. A chuva aumentou e, quando eles chegaram aos carros, grossos pingos caíam sobre suas cabeças.

Stenberg e Johansson estavam dentro do microônibus do Departamento de Medicina Legal, cobertos com as capas de chuva para se agasalhar e tomando café de uma garrafa térmica. Quase não dava para vê-los atrás do vidro embaçado.

Hammarlund devolveu as botas e os três foram embora. O chefe seguia na frente. Quando o comboio chegou à estrada, Fors viu um carro azul-claro indo para a cena do crime. Era Annika Båge, a repórter.

Não havia cadeiras para todos na delegacia.

Hammarlund se encostou na parede e os outros se sentaram. Ninguém tirou o casaco. Dois policiais chegaram junto com eles. Um deles se chamava Martinsson e devia ter mais de 1,80 m de altura. O outro, Svan, era bem mais baixo. Todos achavam engraçada a dupla.

Com exceção de Hammarlund, os homens sentaram-se em semicírculo. O mais alto esticou as pernas e as cruzou. Fors limpou a garganta para falar.

– Stenberg e Johansson irão buscar Bulterman. Martinsson e Svan irão atrás de Malmsten. Nilsson e eu iremos pegar Tullgren. Os três têm 16 anos e são considerados quase crianças perante a lei. Lembrem-se disso. Vamos revistar suas casas e trazê-los. Se encontrarem roupas recém-usadas, especialmente calças e sapatos, tragam também. Tomem cuidado para que eles não tenham contato ou falem um com o outro. Se fizerem perguntas, digam apenas que teremos uma conversa sobre um desaparecimento. Devem ser liberados hoje à tarde. Alguma pergunta?

– Onde eles moram? – perguntou Martinsson.

Nilsson respondeu e mostrou em um mapa.

– Vamos lá – disse Martinsson. E a reunião terminou.

Hammarlund chamou Fors a um canto.

– Vou para a cidade. Libere os garotos antes das treze horas se não encontrar evidências de que estejam envolvidos no crime. Ou até antes, se perceber que são inocentes.

– Vou encontrar – garantiu Fors.

Hammarlund levantou a sobrancelha e olhou desconfiado para o detetive. Depois saiu junto com os outros. Nilsson e Fors continuaram na sala.

– Você está ensopado – disse Nilsson. – Quer alguma roupa emprestada? – Sem esperar resposta, foi até um armário, pegou um suéter azul claro e o entregou a Fors. – Use isto. Tenho há muito tempo. Está com uns furinhos nos cotovelos, mas é bem quentinho. Quer meias também?

— Agradeço — disse Fors, sentindo os pés gelados.

Tirou a jaqueta encharcada e vestiu o suéter sobre a camisa de flanela. Trocou as meias e vestiu novamente a jaqueta.

— Ao menos assim você agüenta melhor. É esse maldito tempo que faz aqui em agosto — disse Nilsson.

— Conte-me mais sobre a família Tullgren — pediu Fors.

Nilsson esfregou o queixo. Segurava um boné forrado na mão esquerda.

— Bem, a mãe, Berit, tem uns 35 anos. Engravidou bem jovem. O pai de Anneli foi embora quando ela nasceu. Algum tempo depois, Berit começou a namorar um caminhoneiro quase dez anos mais velho. Os dois gostam de beber. Tiveram um filho há alguns anos, chamado Ulf. É um bom garoto. Ludvig teve charretes durante algum tempo e ganhou bastante dinheiro com elas. Desde então não sai da cidade. Já o prendemos por dirigir alcoolizado e, no ano passado, por suspeita de recebimento de carga roubada. Depois houve aquele problema com o assalto à loja de Berit, quando ele se escondeu e quebrou a clavícula do ladrão, um imigrante idiota que resolveu roubar porque estava desesperado por dinheiro. Ninguém se importaria se Ludvig passasse alguns meses na prisão. É o que acontece com quem resolve tomar a lei em suas próprias mãos. O que enfureceu a população foi que o imigrante só pagou uma multa e acabou condenado a trabalhos sociais. Não acharam justo. Ludvig se tornou herói na região e o incidente estimulou ainda mais o preconceito contra os imigrantes. Já a filha adotiva, Anneli, passou por momentos difíceis na escola quando criança. Era gordinha e todos a ridicularizavam. Até que um dia ela perdeu a paciência, pulou em cima de uma colega e tentou estrangulá-la com um cachecol. Quase conseguiu. Tiveram de aplicar respiração boca-a-boca na garota para salvá-la. Fui o responsável pelas investigações. Anneli tinha dez anos na época. Enviaram um assistente social, mas não sei se fizeram alguma coisa. Anneli não é burra, muito ao contrário, mas...

Fors instigou:

— Mas o quê?

— Não sei. Algumas pessoas têm uma maneira de olhar que assusta.

— Você vê isso em Anneli?

— Vamos dizer que eu não deixaria meus netos brincarem perto dela.

— É tão ruim assim?

— Alguns pais já ameaçaram tirar os filhos da escola se ela continuar estudando lá. Anneli adora se envolver em brigas e é boa nisso. Estou sempre recebendo denúncias e reclamações.

Nilsson deu de ombros, desanimado.

— Mas não posso intervir. Isso é da competência da assistência social.

— Bem, vamos lá — disse Fors.

Foram cada um em seu carro. Em poucos minutos estavam em frente à casa de tijolos à vista da família de Anneli, circundada por uma bela cerca e um portão que parecia de carvalho envernizado. O portão estava entreaberto. Ao lado da porta havia uma pequena bandeira da Suécia, encharcada pela chuva.

Nilsson tocou a campainha, que tinha o som de um carrilhão. Apertou novamente. Após alguns segundos uma mulher abriu a porta. Tinha o rosto flácido, cabelo claro, usava jeans, uma camisa de flanela desbotada e tinha um cigarro na mão.

– Olá, Berit – disse Nilsson. – Podemos entrar?

Berit lançou um olhar desconfiado em direção a Fors.

– Este é meu colega da cidade – explicou Nilsson, apontando para ele. – Precisamos falar com você.

– Sobre o quê?

– Podemos entrar?

Berit Tullgren entrou, relutante, abrindo passagem para os dois. Uma onda de fumaça de cigarro os envolveu.

– Quem é? – perguntou uma voz masculina vinda dos fundos da casa.

– Nilsson! – gritou Berit.

– O xerife?

– Sim, e um colega.

Fors fechou a porta e o homem apareceu na sala. Usava apenas uma calça de moletom. Tinha baixa estatura, mas seus ombros eram largos e o peito, peludo. Exalava cheiro de café e cigarro.

– O que fizemos agora? – perguntou ele, com uma risada debochada.

– Ludvig, este é o detetive Harald Fors, do departamento de polícia de Aln.

— Detetive? Estão brincando de policiais de TV em vez de caubóis? Tudo bem, eu confesso. Fui eu quem urinou na parede da estação de ônibus na semana passada. Mas foi pura emergência.

Ludvig riu, olhando para Nilsson, esperando uma resposta, e depois para Fors, que não tinha uma expressão amigável no rosto.

— Está certo. Podem me levar se fiz alguma coisa.

Nilsson tirou a capa de chuva e a pendurou no braço.

— Anneli está em casa? — perguntou.

Ludvig ficou ainda mais sério.

— Está ou não? — repetiu Nilsson.

— O que ela fez?

— Anneli é suspeita de envolvimento em um caso de desaparecimento — disse Fors. — Queremos falar com ela na delegacia. E levar algumas de suas roupas também.

Nilsson colocou a capa sobre uma banqueta.

— De jeito nenhum! — disse Ludvig em tom ameaçador, dando um passo na direção de Fors.

— Calma aí — ordenou Nilsson, e Ludvig parou. — Precisamos falar com ela e levar suas roupas. — Tirou do bolso um saco plástico preto e se colocou entre os dois homens.

— Isso é absurdo! — berrou Ludvig.

— Precisamos falar com Anneli. Entendemos como se sente. Afinal, é o padrasto dela — disse Fors.

— Padrasto. E daí?

— Ludvig, chega — disse a esposa, aproximando-se e colocando a mão em seu ombro.

Uma porta se abriu e Anneli apareceu, zonza de sono, usando uma camiseta encardida e calcinha azul de algodão.

– O que está acontecendo aqui?

Olhou para Nilsson, Fors, Berit e Ludvig, que se viraram para vê-la.

– Você está presa! – Ludvig disse, com uma risada desagradável.

– Bom dia, Anneli – disse Fors. – Como sabe, estamos investigando o desaparecimento de Hilmer. Achamos que você tem mais a dizer do que nos contou e vamos levá-la à delegacia para interrogá-la. Gostaríamos que trouxesse suas roupas.

– Roupas? – perguntou ela. – Como assim?

– Calças, sapatos e casaco.

Anneli não se conteve e sorriu.

– Pensam que vão encontrar evidências em minhas roupas, certo?

– É. Acham que são iguais a aqueles detetives poderosos da televisão – disse Ludvig.

– Cale a boca, Ludvig – disse Nilsson, indo na direção de Anneli. Empurrou-a para o lado e entrou no quarto.

– O que é isso, Nilsson? Pensa que pode fazer o que bem entender só porque usa uniforme? – berrou Ludvig.

Nilsson respondeu enquanto vasculhava o quarto:

– Anneli é suspeita de um crime que levou ao desaparecimento de uma pessoa. Se estivermos enganados, nós a traremos para casa à tarde.

Berit tragou o cigarro, que a essa altura era somente filtro.

— Então a levarão para a cidade?

— Sim. Vamos levá-la a Aln.

— O que querem dizer com envolvida em um crime que levou a um desaparecimento? Que palhaçada é essa? — perguntou Ludvig, ainda irritado.

— Já disse para se acalmar — respondeu Nilsson, sem nem sequer olhar para ele.

— Vou telefonar para meu advogado — reclamou o homem, indo a passos largos para outro quarto, que deveria ser o seu e de Berit. Entrou e bateu a porta.

Nilsson abriu a porta do guarda-roupa, tirou algumas peças e colocou no saco plástico. Enquanto isso, Fors pegava um par de botas pretas com cadarço azul-marinho que estava sobre um tapete perto da porta.

— São suas? — perguntou a Anneli.

Ela não respondeu.

— São dela — respondeu Berit, em tom de desânimo.

— É melhor você se arrumar para ir conosco — disse Fors, indo ao quarto para entregar as botas a Nilsson.

Havia duas camas no quarto, ambas cobertas com acolchoados decorados com corações vermelhos. Em uma delas, um garoto de cerca de oito anos, sob as cobertas, olhava para os policiais. Esfregou os olhos e chamou pela mãe. Berit entrou no quarto.

— O que eles querem? — perguntou Ulf Tullgren.

— Meu nome é Harald Fors. Sou policial. Vamos conversar com sua irmã.

— Vocês não vão encontrar o que procuram — disse a garota em tom debochado. — Lavei todas as minhas roupas.

— Ela lavou mesmo, no sábado — confirmou a mãe, apagando o cigarro em um pires que estava no peitoril da janela.

— Sério? — respondeu Fors. — Você costuma lavar roupas aos sábados?

Anneli não respondeu.

Nilsson continuou a colocar as peças no saco plástico, que já estava praticamente cheio.

Ludvig voltou.

— Deixei um recado para o advogado. Não pensem que vão se dar bem.

— Vista-se, Anneli — disse Fors.

— Claro — gritou ela. — E o que vou vestir? Idiotas, vocês pegaram todas as minhas roupas!

— Filhos da mãe! — gritou Ludvig.

— Com certeza sobrou alguma coisa para você vestir — respondeu Fors. — Temos de ir. Vamos, vista-se.

— Está tudo no saco! — ela repetiu.

— Por favor, não façam isso. Ela ainda é uma criança — implorou a mãe.

Ludvig saiu do quarto resmungando.

— Vista-se agora — Fors disse. — Se não tiver mais nada, pode usar minha jaqueta.

— Está maluco? Ela está ensopada.

— É melhor do que nada. E sua mãe pode lhe emprestar um jeans.

— Isso é loucura — disse Berit. — Vou denunciar aos jornais.

— Vista-se logo — ordenou Fors. — Qualquer coisa serve, uma camisa e calça, o que você quiser. Temos de ir.

Anneli abriu uma cômoda e tirou um suéter cor de laranja, uma saia preta e um par de *legging* preto. Enquanto ela se vestia, Nilsson inspecionou a escrivaninha e recolheu alguns objetos. Fors observou um pôster na parede acima da cama de Ulf, que mostrava a cabeça de um soldado nazista usando capacete. E abaixo a palavra "Valkírias!" em grandes letras.

— Que sapatos vou usar? — perguntou Anneli.

— Use meus tamancos — disse Berit, em tom maternal.

Ludvig reapareceu com uma lata de cerveja na mão. Tomou um gole e disse:

— Vocês deviam usar policiais femininas para fazer este trabalho, sabiam? — Enxugou a boca com as costas da mão. — Vou me lembrar de dizer isso ao advogado, seus pervertidos.

— Temos falta de pessoal — disse Fors. — Infelizmente é o que acontece.

— Já terminei — disse Nilsson, fechando o saco plástico e passando por Ludvig, no corredor.

— Vamos, então — disse Fors a Anneli.

Ela calçou um par de tamancos pretos que estavam em uma prateleira pequena na sala.

— Você vai se arrepender disso — disse Ludvig, com ódio nos olhos. — Aliás, vou dar um jeito de vocês dois irem para a cadeia.

— Anneli volta hoje à tarde — disse Nilsson. — Nós a traremos de carro.

— Vamos esperar — disse Berit.

— Até mais, Ludvig — disse Nilsson, jogando o saco nas costas. Parecia até Papai Noel, com um saco cheio de presentes para crianças. Saiu e o colocou no porta-malas do carro.

Fors acompanhou Anneli, deixando-a ir na frente.

— Não deixe que eles acabem com você, querida! — gritou Ludvig, tomando mais um gole de cerveja.

Anneli não lhe deu atenção. Parecia não se importar com o que estava acontecendo. Ou talvez estivesse com a mente ocupada, pensando em outras coisas.

— Você vem comigo — disse Nilsson quando ela se aproximou dos carros. — Prefere o banco da frente ou o de trás?

Anneli se sentou no da frente.

— Porco comunista! — gritou Ludvig enquanto Fors dava partida no carro e seguia Nilsson.

Ao passarem diante de uma casa amarela, Fors viu Peter Gelin, colega de classe de Hilmer, caminhando em direção a uma bicicleta parada junto a uma cerca.

Quando chegaram à estrada, Fors ligou o rádio. A estação apresentava notícias. Então mudou para outra, em que se ouvia uma sonata.

E assim foram até a cidade. Quando chegaram, a chuva tinha parado.

Final da manhã de terça-feira

A delegacia de Aln parecia uma caixa de concreto malfeita. No exterior viam-se apenas janelas que lembravam buracos de canhão.

Fors e Nilsson estacionaram um ao lado do outro na garagem do subsolo e escoltaram Anneli até o elevador. Nilsson andava arqueado com o saco de roupas, e Fors levava uma pasta que Hammarlund tinha lhe dado.

Subiram até o quarto andar, onde ficava o Departamento de Crimes Graves, dividido em cubículos e escritórios espalhados por um grande corredor.

– Deixe a garota em algum lugar – disse Fors. – E avise Stenberg e Johansson para cuidar das roupas.

Anneli parecia um tanto assustada, mas não fez comentários.

– Vamos – disse Nilsson, colocando o saco plástico em um canto e conduzindo Anneli.

Fors foi até seu escritório, uma sala que dividia com a detetive Carin Lindblom. Os comentários no departamento eram que Lindblom, que tinha três filhos, só não fora escolhida como superintendente porque era mulher.

Seu filho mais novo, Mårten, tinha problemas de alergia e ela tirara o dia anterior de folga para cuidar dele.

— Você está encharcado — foi a primeira coisa que disse quando Fors entrou.

— Pois é. Vamos até a lanchonete?

— Claro, mas troque de roupa antes.

— Não sei por que todo mundo está preocupado com minhas roupas molhadas — reclamou Fors.

— É porque nos preocupamos com você, Harald. É o único cidadão legítimo de Estocolmo que temos aqui. Se morrer de pneumonia, não teremos tão cedo outro policial durão da cidade grande para nos ensinar a trabalhar de verdade.

Lindblom era de Sorsele, cidade pequena do norte da Suécia, e não tinha um bom conceito dos cidadãos de Estocolmo. Mas não gostava muito do pessoal do interior também. Dizia que seu pai era o único na cidadezinha que não caçava ilegalmente, não cometia crimes e não dirigia carros de neve em locais proibidos. Era um excelente policial até o dia em que foi atropelado por um motorista embriagado que tentava fugir da vistoria. Agora estava em uma cadeira de rodas e precisava de um aparelho computadorizado para falar.

Fors pegou algumas peças de roupa em um armário que os dois dividiam e se trocou.

— Você não tem um par de meias aí, tem? — perguntou Fors.

— Serve um par de meias-calças?

Fors riu.

— Como está Mårten?

Lindblom contou como tinha sido o dia anterior.

Mårten era o resultado de um romance entre a detetive e Hammarlund. O relacionamento durou apenas alguns meses. Todos na delegacia sabiam que ela rompera porque descobriu que ele era um grande xenófobo.

— Preciso de um café — disse Fors.

— E que tal um sanduíche? — sugeriu Lindblom.

— É, também.

A lanchonete ficava no último andar do edifício. Em dias claros podia-se ver os lagos, a paisagem e toda a região onde os presos eram capturados. Mas não agora. As nuvens estavam baixas e só se viam as árvores logo à frente do prédio. Fors e Lindblom escolheram uma mesa no canto do salão. Ele pediu um copo grande de café com leite e um sanduíche de ovos, anchovas e alface.

Ninguém percebia a presença de Hilmer, que andava sem rumo pela sala, completamente congelado. Queria ver Ellen mas não conseguia encontrá-la.

— *Ellen, Ellen!*

Lindblom observou Fors enquanto ele comia.

— Você emagreceu.

Fors pareceu animado.

— Dá para perceber?

— Claro. Está fazendo dieta?

— Sim.

— Fantástico. Que boa notícia. Vamos, conte-me sobre o caso. Mas não fale de boca cheia.

Fors mastigou e engoliu.

— Já temos os garotos que cometeram o crime, mas precisamos de confissões e de evidências.

Contou tudo a Lindblom, que ouviu e fez algumas perguntas.

— O caso é complicado porque não há provas — ela comentou.

— Foi o que Hammarlund disse. Mas tenho um bom palpite. E vou começar por Malmsten. Ele vai falar.

— Tem certeza?

— Sim.

— Você mesmo vai interrogar os três?

— Se você estivesse conosco, teria ajudado a trazer Tullgren. Ela é a mais difícil. Vou interrogar os três e quero que você esteja na sala.

Ela concordou. Os dois voltaram ao quarto andar e entraram em uma pequena sala de reuniões, com algumas cadeiras, um mapa da região na parede e dois blocos de anotações sobre uma mesa no canto. As cadeiras estavam dispostas em semicírculo, em frente à mesa. Fors se sentou na primeira delas. Svan e Martinsson já estavam na sala. Martinsson entretia-se com a seção de esportes do jornal. Fors ficou imaginando se ainda veria um de seus colegas passar o tempo lendo um livro de filosofia ou ouvindo uma sinfonia. Muito improvável.

Lindblom acomodou-se ao lado de Martinsson. Stenberg e Johansson entraram e se sentaram lado a lado.

– Como foi lá? – perguntou Fors.
– Melhor do que imaginávamos – respondeu Johansson.
– Onde está Nilsson? – perguntou Fors.
– Ao telefone – disse Stenberg.

Martinsson riu de algo que leu no jornal.

– Podemos começar? – sugeriu Stenberg.

Antes de Fors responder, Nilsson entrou e fechou a porta.

– Encontraram a bicicleta.
– Onde? – perguntou Fors.
– Os mergulhadores chegaram pouco depois que saímos. Estava no riacho.
– Peça que a tragam para cá imediatamente – disse Fors.
– Já pedi. Vão deixá-la aqui no estacionamento.
– Certo. Vamos continuar, então. Martinson e Svan, vocês querem começar?
– Sim – respondeu Svan. – Quando chegamos à casa de Malmsten, todos já estavam de pé. Os pais nos ofereceram café mas, obviamente, mostravam-se nervosos. O garoto parecia a ponto de gritar e a mãe tinha os olhos vermelhos. Explicamos que Henrik era suspeito de envolvimento em um crime que levou a um desaparecimento, mas não dissemos quem era a vítima. Perguntaram se era Hilmer, mas não respondemos. O rapaz se

vestiu rápido. Pegamos três de seus pares de sapatos e todas as calças e jaquetas que encontramos no guarda-roupa. Havia uma calça de tecido imitando camuflagem pendurada no banheiro. A mãe disse que era a peça predileta e que o filho quase não usava outra.

Martinsson continuou daquele ponto em diante.

– Perguntamos se a calça fora lavada recentemente e a mãe respondeu que o garoto fizera isso no sábado à noite. Era a primeira vez que o vira lavando roupa. Malmsten não disse uma palavra em todo o caminho. Parece que vai borrar a calça a qualquer momento.

– Obrigado – disse Fors. – E com Bulterman, como foi?

Johansson, um homem bem magro, sardento e de cabelo ruivo, limpou a garganta antes de falar. Era conhecido por ser sexista, racista e preguiçoso. Lindblom também não gostava dele.

– Tocamos a campainha e ninguém atendeu. Fomos para os fundos da casa e jogamos algumas pedrinhas na janela. Depois de algum tempo o senhor Bulterman apareceu. Abriu a janela e disse que ia chamar a polícia. Explicamos que *éramos* a polícia e pedimos para entrar. Ele fechou a janela e sumiu. Voltamos à porta da frente e tocamos a campainha. Ele atendeu usando roupas de baixo. É o tipo de sujeito que não tem noção de decência. – Johansson olhou em volta, indignado. – Poderia haver uma senhora presente!

– Poderia ter sido eu – disse Carin Lindblom. – Acho que desmaiaria se visse um homem de cueca. – Havia um tom de sarcasmo em sua voz. Ela encarou Johansson com firmeza até vê-lo sentir-se incomodado. Ele não entendia sarcasmos.

– Foi muito indecente da parte do homem – repetiu, agora olhando para Martinsson, que se distraía enrolando o jornal.

Stenberg continuou a descrever:

– Ele pediu para ver nossos distintivos.

Johansson interrompeu.

– Os que pedem para ver o distintivo são sempre os que causam mais problemas.

– Mesmo? – perguntou Lindblom.

– Pedimos para entrar – continuou Stenberg.

– Mas ele primeiro examinou nossos distintivos, pensando que fossem falsos. Olhou frente e verso. – Johansson gaguejava um pouco quando estava ansioso.

– Mas acabou nos deixando entrar – acrescentou Stenberg.

– E ficava coçando as partes baixas o tempo todo – criticou Johansson.

– Gostaria de ter visto isso – comentou Lindblom, fazendo com que Johansson silenciasse.

– Continue – disse Fors, olhando para Stenberg e esperando que Johansson ficasse quieto.

Stenberg pigarreou, limpando a garganta.

– Explicamos que seu filho era suspeito de envolvimento em um caso de desaparecimento, que queríamos levá-lo para a cidade e fazer uma busca na casa. A esposa ficou olhando para nós, assustada.

– Parecia não estar entendendo – disse Johansson.

Stenberg continuou:

— Perguntamos onde o garoto estava.

— E o homem continuou a coçar as partes baixas — insistiu Johansson.

— Eu gostaria mesmo de ver isso — Lindblom repetiu.

Stenberg e Johansson olharam para ela.

— Qual é o seu problema? — Johansson perguntou.

— Vê se adivinha — ela respondeu.

Martinsson começou a se abanar com o jornal.

Fors se virou para ele.

— Está muito calor aqui dentro?

— Um pouco — admitiu ele.

— Pare com isso. Parece até Maria Antonieta com o leque!

Martinsson suspirou e colocou o jornal de lado, com expressão de enfado.

— Continue — Fors pediu a Stenberg.

Stenberg pigarreou mais uma vez.

— Fomos até o quarto do garoto. Ele tem um rifle antigo pendurado na parede acima de sua cama, uma suástica de metal alemã sobre o criado-mudo e duas facas: uma da Juventude Hitlerista, com o desenho da suástica, e uma baioneta. Em um colchão embaixo da cama encontramos um pequeno *kit* de construção, um conjunto Lego e algumas peças de latão. Ao lado da cama estava uma cópia do manual de treinamento militar sueco.

— O garoto continuou dormindo, apesar de abrirmos gavetas, tirando suas roupas e colocando em sacos plásticos. O pai foi acordá-lo, mas levou algum tempo até conseguir. Teve de puxar seu pé. Aí ele pulou como se tivesse levado um soco.

— Estava usando só a roupa de baixo também? — perguntou Lindblom, sem alterar a expressão.

Johansson suspirou e balançou a cabeça.

Stenberg continuou:

— Explicamos a situação. Ele se vestiu e quis fazer uma ligação telefônica, mas não permitimos. Conversou bastante conosco no caminho. Queria saber se tínhamos pegado seus amigos também ou se era o único suspeito. Mas não respondemos.

— Foi só isso, então? — perguntou Fors.

— Não — disse Stenberg. — Tivemos de ir ao jardim para pegar uma calça pendurada em um varal, e que estava ensopada pela chuva. Perguntei se ele a usara recentemente. A mãe respondeu que o filho a veste o tempo todo. Perguntei também se tinha sido lavada e ela disse que o próprio garoto a lavou no sábado.

— Algo mais? — perguntou Fors.

— Acho que é isso.

— Ele também tem um coelho — informou Johansson. — Nunca tinha visto um coelho tão grande. Roeu tudo na casa. Até as portas tinham marcas de seus dentes.

E olhou em volta, como se estivesse esperando aplausos por suas astutas observações. Martinsson suspirou.

— E como está o exame das evidências? — quis saber Fors.

— Coletamos um fragmento do banco e encontramos algumas manchas que podem ser de sangue. Saberemos com certeza hoje à tarde. Também há manchas nos cadarços da garota.

— Cadarços? – perguntou Fors.

— Das botas dela – explicou Johansson.

— Vamos receber os resultados em breve – disse Stenberg.

— Se for sangue, quero saber de quem é. Peça uma amostra de sangue de Hilmer Eriksson. A bicicleta está sendo trazida para cá. Quero que dêem uma olhada nela.

— O que devemos procurar? – perguntou Johansson.

— Não sei exatamente. Só examinem – respondeu Fors.

Martinsson se movimentou na cadeira e cruzou as pernas. Deixou cair o jornal e o pegou novamente. Fors descreveu a prisão de Tullgren e mencionou que ela também tinha lavado uma calça no sábado.

Johansson riu.

— Nunca imaginei que *skinheads* fossem tão higiênicos.

— Qual o próximo passo? – perguntou Nilsson em voz bem alta.

Fors se recostou na cadeira, cruzou as mãos atrás da nuca e esticou o corpo.

— Carin e eu vamos interrogar os garotos. Começamos com Malmsten, passamos depois para Bulterman e terminamos com Tullgren. E não se esqueçam de Strömholm. Alguém precisa substituí-la na cena do crime. Mandem alguém para lá.

Nilsson fez que sim com um movimento de cabeça.

— Stenberg e Johansson, trabalhem nas manchas da amostra do banco e dos cadarços. Verifiquem também a bicicleta e não se esqueçam de pedir a amostra de sangue de Hilmer. Quero isso tudo enviado ao laboratório o mais rápido possível. Peçam a Lönnergren para dar prioridade ao caso. Preciso dos resultados até amanhã.

Stenberg suspirou e balançou a cabeça.

— Eles nunca fazem as coisas rápido como precisamos.

— Fale com Lönnergren. A nora dele é chefe do laboratório — disse Fors.

— É mesmo? Pensei que ela quisesse ser médica.

— Vamos ao trabalho — disse Fors. — Nilsson, traga Malmsten. Lindblom vai esperar em nossa sala.

— Sim — disse Nilsson, levantando-se.

— Fors, o pessoal do laboratório não vai dar prioridade às nossas amostras — murmurou Johansson.

— Então faça com que se apressem — disse Fors, mal contendo a irritação.

Todos saíram de sala, inclusive Martinsson, levando a seção de esportes do jornal.

O interrogatório

Os detetives Fors e Lindblom dividiam um escritório apertado, com duas janelas. Suas mesas ficavam de frente uma para a outra. Tinham duas cadeiras giratórias, estantes lotadas de listas telefônicas, manuais da polícia e pastas com casos. Os telefones eram separados, mas os dois dividiam o mesmo *laptop*. Em um armário no canto, com duas portas, guardavam algumas peças de roupa, toalhas e artigos de toalete. Lindblom colocou uma planta em cada janela e, com muito adubo, ambas cresceram tanto que impediam parte da visão da rua. Havia também duas cadeiras de madeira não muito confortáveis para visitas, uma entre as mesas, de frente para a de Lindblom, e outra perto do armário.

Fors pegou um gravador na gaveta e verificou se estava pronto para gravar. Pegou também seu caderno na pasta e abriu uma página em branco. Quando Nilsson entrou com Henrik Malmsten, ligou o gravador e o colocou sobre a mesa.

Nilsson guiou Malmsten até a cadeira que ficava entre as mesas e saiu, fechando a porta.

Lindblom e Fors sentaram-se atrás das mesas e olharam para o suspeito durante alguns instantes. Então Fors inclinou-se na direção do microfone, disse a data e a hora e completou:

— Este é o interrogatório referente ao desaparecimento de Hilmer Eriksson. O interrogado é Henrik Malmsten.

Fez uma pausa dramática.

— Garoto, vire a cadeira para mim, em direção ao microfone.

Malmsten se virou. Fors empurrou o gravador um pouco mais na direção dele.

— Quem interroga é detetive Harald Fors. Detetive Carin Lindblom também está presente.

Fez mais uma pausa e olhou para Henrik, que estava assustado.

— Diga seu nome, endereço, telefone e os nomes de seus pais.

Malmsten lambeu o lábio superior e começou a falar. Deu todas as informações que Fors pediu.

— Você tem 16 anos, certo?

Malmsten concordou com um movimento de cabeça.

— Você precisa responder. Sim ou não — disse Fors.

— Sim.

— Sim o quê?

— Tenho 16 anos.

— Quantos anos tinha quando conheceu Hilmer Eriksson?

— Estava na primeira série.

— Quer dizer que tinha sete anos?

— Sim.

— Então diga.
— Eu tinha sete anos.
— Então conhece Hilmer Eriksson há nove anos?
— Sim.
— E como era Hilmer na escola?
— Como?
— Responda.
Malmsten hesitou.
— Não sei o que responder.
— Não sabe dizer o que pensava sobre Hilmer quando era mais jovem?
— Não sei. Já nem me lembro.
— De que não se lembra?
— Do que eu pensava sobre Hilmer.
— Mas não estudavam na mesma classe?
— Sim.
— Durante quantos anos?
— Nove.
— E você não se lembra do que achava dele?
Malmsten olhou para a mesa e ficou em silêncio.
— O que se lembra sobre Hilmer?
Silêncio.
— Quando foi a última vez que o viu?
Sem resposta.
Fors enfiou a mão no bolso, pegou as folhas que havia tirado da cena do crime e as espalhou sobre a mesa, diante de Malmsten.

O garoto olhou as folhas e foi abaixando a cabeça, lentamente, até encostá-la na mesa. Começou a tremer, como se estivesse com muito frio, e empalideceu.

Fors pegou a pasta que o chefe Hammarlund havia lhe dado, abriu e tirou uma fotografia grande.

– Esta foto foi tirada no hospital da universidade hoje de manhã. Você pode ver quem é?

Colocou a foto sobre as folhas, bem perto da cabeça de Malmsten.

– Pode estar um pouco difícil de reconhecer mas você sabe quem é, não?

Malmsten tremia tanto que parecia que ia cair da cadeira a qualquer momento.

– Preciso ir ao banheiro – disse com voz fraca.

Fors olhou para Lindblom.

– Pode mostrar a ele onde fica?

Ela se levantou em silêncio e se aproximou do rapaz. – Consegue andar?

Henrik se levantou e ela o ajudou, segurando seu braço.

– Peça a Nilsson para entrar com ele – disse Fors enquanto os dois saíam. Inclinou-se então em direção ao microfone. – Pequena pausa para o interrogado ir ao toalete. – Desligou o gravador e foi até a janela.

A chuva pareceu diminuir. Por um instante ele teve a impressão de ver um pedaço de céu azul. Olhou para a planta e colocou o dedo na terra, para ver se estava úmida. Ainda estava.

Pensou em tudo de ruim que as pessoas fazem umas contra as outras. Durante aqueles anos de trabalho, vira corpos tirados de lagos, com pesos amarrados nas pernas, crianças espancadas pelos pais até a morte. Também falara com criminosos que haviam cometido os atos mais hediondos, normalmente contra parentes próximos ou pessoas que conheciam bem.

"Não deixe que isso o transforme em um ser humano frio e cético", pensou. "Não seja cético."

Hilmer observava Fors. Sua presença chegava a incomodar o detetive, que sentiu um aperto no peito. Enquanto isso, no banheiro, Henrik Malmsten teve um momento de aparente delírio. E Carin Lindblom, que esperava pelos dois no corredor, pensou em seu filho.

O invisível pode nos deixar tontos, sem ar. Pode guiar nossos pensamentos.

"E se fosse Mårten?" pensou Lindblom. "Se fosse meu filho, o que eu faria? Mataria as pessoas que o feriram? E me tornaria alguém que não quero ser?"

O ódio leva a ações que levam a mais ódio.

Alguns minutos depois Lindblom e Malmsten estavam de volta. O rapaz se sentou em frente à foto de Hilmer. A detetive acomodou-se atrás dele, em sua cadeira. Fors também se sentou, tirou a foto da mesa, deixando apenas as folhas, e ligou novamente o gravador.

— Reiniciando o interrogatório após a pausa.

Olhou para Malmsten, que estava com a cabeça baixa.

— A última pergunta foi sobre a fotografia que lhe mostrei antes de você ir ao toalete. Reconhece a pessoa que ela mostra?

— Não sei — respondeu Malmsten, em voz baixa.

— Tem certeza?

— Sim.

— Então vou lhe dizer que a fotografia, que lhe mostrarei novamente, é de Hilmer Eriksson. Foi tirada no hospital da universidade há algumas horas. Pode me dizer por que não reconhece Hilmer nela?

Os lábios do rapaz estavam pálidos e os olhos, avermelhados.

— Não sei — murmurou ele novamente.

— Você estudou na sala de Hilmer durante nove anos. Como não o reconhece?

— Não nessa foto.

— Por que não? Foi tão mal tirada? Está certo. Vamos ver outra. — Fors tirou outra foto da pasta, colocando-a na frente de Malmsten. O garoto fechou os olhos.

— Por que fechou os olhos?

— É impossível reconhecê-lo — sussurrou Malmsten.

— Então você não reconhece Hilmer apesar de eu estar lhe dizendo que é ele nestas fotos?

— É impossível.

— O que é impossível?

— Reconhecê-lo.

— Mas é alguém que você conhece há nove anos!

— Ele... — E a voz do garoto se tornou embaçada.

Fors se inclinou sobre a mesa e se aproximou do suspeito.

— Por que você não reconhece Hilmer Eriksson?

Silêncio.

— Por que não reconhece Hilmer Eriksson? — repetiu Fors.

Malmsten começou a chorar. Fors se recostou na cadeira e olhou para Lindblom.

Ela se levantou e entregou a ele um lenço de papel.

— Tome, assoe o nariz.

Malmsten obedeceu.

— Vou repetir a pergunta, filho. Por que não reconhece Hilmer Eriksson nas fotografias que lhe mostrei, apesar de vocês estudarem juntos há nove anos? Quer que lhe mostre mais algumas?

Tirou outra da pasta e a colocou bem perto de Malmsten. As lágrimas dele caíram sobre a foto. Quem olhasse a foto nesse momento teria a impressão de que era Hilmer quem estava chorando.

— Preciso ir ao banheiro de novo! — disse Malmsten, soluçando.

— Claro — respondeu Fors. — Mas primeiro explique por que não consegue reconhecer Hilmer.

Malmsten se levantou e gritou, o sangue voltando às suas faces, que agora ficaram muito vermelhas.

– Porque seu rosto está completamente desfigurado!

Malmsten esfregou o lenço no nariz.

– E quem fez isso? – perguntou Fors.

Malmsten soluçava cada vez mais.

– Não era para ter acontecido – balbuciou. E se sentou.

Fors esperou alguns segundos e passou à pergunta seguinte.

– Quem estava lá?

– Anneli e Bulterman.

– E quem mais?

Malmsten parecia tentar recuperar o fôlego.

– Quem mais estava lá? – repetiu Fors.

Malmsten parecia tremer.

– Eu também estava lá.

Ele soluçava violentamente agora.

Fors fez sinal para Lindblom, que acompanhou o rapaz para fora. Depois se inclinou sobre o gravador e disse:

– Mais uma pausa para o interrogado ir ao toalete.

Desligou o aparelho, levantou-se e foi novamente para a janela.

Por algum motivo começou a pensar em Johansson. Ficou se questionando por que alguém que considerava um "mau policial" lhe vinha à mente de repente. Johansson era preguiçoso e sem iniciativa, racista e preconceituoso. Não havia um só preconceito (até o de que mulheres dirigem mal) que não tivesse.

Suspirou profundamente, voltou para a mesa, abriu a primeira gaveta e pegou uma caixinha de pastilhas de hortelã.

O interrogatório

Colocou duas sobre a língua e observou novamente as fotografias de Hilmer Eriksson.

"Não seja cético."

Malmsten e Lindblom voltaram para a sala e se sentaram. Fors ligou novamente o gravador e se inclinou sobre ele.

– O interrogatório continua.

Empurrou o aparelho para mais perto do rosto do garoto.

– Pode nos contar o que aconteceu no sábado?

Malmsten, desorientado, parecia nem saber como fora parar ali.

– Comece do início – disse Fors. – A que horas acordou?

– No sábado?

– Sim.

Malmsten pensou por um momento.

– Por volta das dez, mas fiquei na cama até o meio-dia.

– Quem estava em casa?

– Minha mãe e meu pai.

– E o que fez quando finalmente se levantou?

– Tinha que fazer algumas compras para minha mãe.

– E fez?

– Sim.

– A que horas?

– Lá pela uma.

– Onde?

– Na quitanda da rua Stor.

– Havia muitas pessoas lá?

– Sim.

— Alguém que conheça?

Malmsten pensou.

— Duas colegas de escola.

— Quais seus nomes?

— Hilda e Lina.

— Os nomes completos.

— Hilda Venngarn e Lina Stolk.

— Elas viram você?

— Sim.

— Chegou a falar com elas?

— Sim.

— Sobre o quê?

— Nada.

— Mas você disse que falou com elas.

— Não me lembro direito.

— O que fizeram, afinal?

— Nada.

— Não disseram absolutamente nada?

— Sim, claro.

— Quem disse?

— Nós três falamos.

— E não foi uma conversa?

— Não.

Fors fez uma pausa.

— Bem, quem falou primeiro?

— Eu.

— O que você disse?

Malmsten hesitou.

– O que você disse? – repetiu Fors.

– Vagabunda – sussurrou Malmsten.

– E para qual delas disse isso?

– Para Hilda Venngarn.

– Por quê?

– Porque ela é.

– É o quê?

– Uma vagabunda.

– E por que acha que ela é vagabunda?

Sem resposta. Somente um suspiro.

– Por que acha que ela é vagabunda? – repetiu Fors.

– Porque ela dorme com todo mundo.

– Ah, sim. E o que a outra disse quando ouviu você chamar a amiga de vagabunda?

– Retardado.

– E depois?

– O quê?

– Foi essa a conversa que tiveram?

– Sim.

– Então você foi até a mercearia para fazer compras, encontrou duas colegas de classe e trocou algumas palavras com elas. E depois?

– Voltei para casa.

– Foi de bicicleta?

– Não. Está quebrada.

– Faz tempo?

— Sim.
— Quanto tempo?
— Um mês. Alguém roubou a roda da frente.
— E o que aconteceu quando você chegou em casa?
— Bulterman me telefonou.
— O que ele disse?
— Que estava sozinho em casa e que seu pai e sua mãe tinham ido à cidade.
— E depois?
— Eu fui até a casa dele.
— E o que ficaram fazendo?
— Nada.
— E não conversaram enquanto faziam nada?
— Sim.
— Sobre o quê?
— Sobre Hilda.
— Hilda Venngarn?
— Sim.
— O que falaram sobre ela?
— Que ela anda com gente escura.
— O que é gente escura?
— A escória.
— Está falando dos filhos dos imigrantes?
— Estou falando da escória – disse Malmsten, e seu rosto voltou a ficar vermelho.
— Então conversaram sobre Hilda Venngarn. E o que mais?
— Sobre a Guarda.

O interrogatório

— Quer dizer a Guarda Nacional Sueca?
— Sim.
— O que disseram sobre a Guarda?
— Que vamos nos alistar.
— E o que querem fazer na Guarda Nacional?
— Aprender coisas.
— Por exemplo?
— A atirar.
— Para que quer aprender a atirar?
— Para defender o país.
— Que país?
— A Suécia, claro.
— Você acha que a Suécia está ameaçada?
— Sim.
— Por quem?
— Pela escória dos imigrantes livres.

Fors pegou a caixa de pastilhas de hortelã, tirou uma e ofereceu a caixa a Malmsten, para que se servisse. Ele aceitou.

— Então ficaram conversando sobre a Guarda?
— Sim.
— E depois?
— Anneli telefonou.
— Que Anneli?
— Tullgren.
— O que ela queria?
— Perguntou se poderia ir até lá.
— E o que vocês disseram?

— Que sim.
— O que aconteceu quando ela chegou?
— Ela levou cerveja.
— Quantas latas ou garrafas?
— Seis latas.
— E o que fizeram depois?
— Cada um tomou uma.
— E conversaram?
— Sim.
— Sobre o quê?
— Marcus.
— Que Marcus?
— Marcus Lundkvist.
— O que disseram?
— Anneli nos contou que ele havia terminado o namoro. Estava muito chateada e até chorou.

Malmsten começou a roer a unha.

— Por que ela chorou?

O rapaz perdeu a paciência.

— Já disse! Marcus terminou o namoro com ela!

Enquanto gritava, cuspiu acidentalmente a pastilha de hortelã, que voou para a mesa e desapareceu entre as folhas.

— Anneli estava triste. E o que fizeram depois?
— Bulterman tinha bebida em casa. Pegamos um pouco e misturamos com suco.
— Vocês beberam?

Malmsten se irritou novamente.

— Foi o que eu disse!
— Tomaram bebida alcoólica na casa de Bulterman.
— Sim!
— E depois? O que fizeram?
— Saímos. O tempo estava bom, então pensamos em ir até o rio. Anneli foi em sua mobilete e Bulterman em sua bicicleta. Eu fui na garupa de Anneli.
— A que horas saíram?
— Não sei. Lá pelas seis, talvez.
— Estavam bêbados?
— Não.
— Aonde foram?
— Fomos até a beira do rio e ficamos sentados em um banco.
— Que caminho fizeram?
— O mais curto, pelo estacionamento de baixo.
— Foram direto ou pararam em algum lugar?
— A mobilete ficou sem gasolina e Anneli a deixou no estacionamento. Bulterman deixou também a bicicleta e fomos caminhando até o banco.
— Qual banco?
— O que fica perto da casa de Berg.
— Levaram bebida?
— Apenas uma lata de cerveja para cada um.
— Estavam bêbados?
— Não, não bebemos muito. Bulterman tem medo de pegar muita bebida de seu pai.

Fors fez algumas anotações em seu caderno. Quando terminou, ficou girando o lápis entre os dedos da mão direita.

– E depois?

– Ficamos ali, sentados no banco. Anneli falou de Marcus o tempo todo. Estava muito zangada. Achava que ele andava saindo com outra. Bebemos mais um pouco e jogamos pedras no rio. Nada de mais, além do fato de ela ficar o tempo todo falando de Marcus.

– Alguém viu vocês ali?

– Acho que não. Quando chegamos, espiamos dentro da casa de Berg. Ele estava colando papel de parede.

– Por que espiaram dentro da casa dele?

– Por que não?

– Estavam pensando em invadir?

– Sei lá. Só olhamos lá dentro. Não é contra a lei.

– Não, não é. E o que aconteceu depois?

– Anneli precisava de dinheiro para a gasolina.

– Certo.

– Então Hilmer apareceu.

– De onde?

– Da direção oposta à nossa.

– Estava a pé?

– Não, estava de bicicleta. Tinha acabado de ganhar uma.

Malmsten cuspiu um pedaço de unha.

– Não cuspa no chão – disse Fors.

– Desculpe.

– O que aconteceu quando ele chegou?

O interrogatório

— Anneli se pôs na frente dele. Esticou os braços e as pernas e disse "Pare!" Hilmer parou e Bulterman segurou a bicicleta. "Para passar aqui você tem de pagar pedágio", Anneli gritou. Bulterman disse que era isso mesmo e que alguém que tinha uma bicicleta tão bonita devia ter dinheiro para o pedágio. E eu disse que minha bicicleta estava quebrada. "Viu?", falou Bulterman. "A bicicleta dele está quebrada. Então você tem de pagar". Com isso Hilmer perdeu o equilíbrio e caiu para o lado, com a bicicleta sobre ele. Quando foi se levantar, Anneli o chutou e ele caiu novamente.

— Onde ela o chutou?
— No rosto.
— Quantas vezes?
— Só uma.
— O que aconteceu depois?
— Anneli gritou que ele era um traidor, que se misturava com os imigrantes e que não devia fazer isso. E o chutou novamente. Bulterman gritou que Mahmud havia roubado a roda de minha bicicleta e que Hilmer não tinha nada que defender os escuros. Os dois o chutaram mais e mais, gritando que ele era um traidor.

— Onde o chutaram?
— No rosto, no peito, no corpo todo.
— E você, o que fez?
— Também o chutei, mas não no rosto.
— Quantas vezes o chutou?
— Três ou quatro.

– Mas não no rosto.
– Não, no rosto não.
– O que Hilmer fez enquanto isso?
– Tentou se levantar algumas vezes, mas os dois não paravam de chutá-lo. Então, quando conseguiu, Bulterman o jogou sobre a bicicleta.
– Então ele caiu sobre a bicicleta?
– Sim.
– E continuaram chutando?
– Sim.
– Quem chutou mais?
– Os dois, mas Anneli foi quem mais chutou.
– Quantas vezes? Consegue se lembrar?
– Uma vinte vezes, talvez.
– E quantos chutes foram no rosto?
– Quase todos.
– E Bulterman?
– Não chutou tanto quanto ela, mas três ou quatro de seus chutes foram no rosto.
– E você?
– Fiquei a maior parte do tempo só olhando.
– E depois?
– Pensamos que ele estivesse morto e queríamos jogá-lo no rio, mas Anneli disse que era melhor enterrá-lo, pois o corpo poderia boiar na água. Se o enterrássemos ele ficaria invisível.
– Então queriam escondê-lo para que ficasse invisível?
– Sim.

O interrogatório

— Não queriam que o encontrassem?
— Não.
— O que fizeram então?
— Arrastamos o corpo até uma casa pequena que fica perto de onde Berg mora, para colocá-lo no porão, mas a casa estava trancada. Então Anneli teve a idéia de jogá-lo em uma pilha de folhas e cobri-lo. A casa estava vazia. Pertence a um velho que vive em um asilo. Ele costumava andar por aí em uma bicicleta de mulher, mas alguém o atropelou. Depois disso parece que ninguém se interessou em comprar a casa.

O rapaz ficou em silêncio por um instante e depois continuou:

— Colocamos Hilmer no monte de folhas e o cobrimos para que ninguém o visse. Voltamos para o estacionamento. Berg ainda estava colocando o papel de parede. Ouvia música no rádio. E uma das janelas estava aberta.

— O que fizeram com a bicicleta de Hilmer?
— Andamos um pouco nela e depois a jogamos na água.

Os três ficaram em silêncio.

Fors pegou a caixa de pastilhas de hortelã, agora vazia.

— O que aconteceu com um dos sapatos dele? — perguntou a detetive Lindblom. Malmsten se virou de um salto, como se alguém o tivesse cutucado com um objeto pontiagudo.

— Eu joguei no rio.
— Que tipo de sapato era? — perguntou ela.
— Tênis — disse Malmsten. — Nike branco.
— Nike branco — disse Fors.

Alguém bateu à porta e abriu uma fresta. Era Stenberg.

— Posso falar com você por um instante? — perguntou, olhando para Fors. O detetive desligou o gravador, se levantou, saiu da sala e fechou a porta.

— Identificamos sangue no cadarço da bota direita de Tullgren. Não há dúvida. As botas e as roupas estão sendo levadas para o laboratório. Estamos enviando também uma amostra de sangue de Eriksson. Creio que amanhã já saberemos se é sangue dele.

— Obrigado — disse Fors, virando-se para voltar à sala.

— Lönnergren também quer falar com você. Disse que está no meio de um interrogatório, mas quer vê-lo assim que terminar.

— Obrigado — disse Fors novamente, e voltou para a sala. Malmsten e Lindblom o olharam em silêncio enquanto entrava, sentava-se e ligava o gravador.

— Posso ir para casa agora? — perguntou Malmsten.

Fors não respondeu.

Malmsten olhou para Lindblom.

— Já contei tudo o que aconteceu. — Parecia uma criança implorando pela sobremesa depois de ter sido bonzinho e comido legumes.

— Não somos nós que decidimos quando você vai para casa — respondeu Lindblom.

Malmsten olhou para um e outro, assustado.

— O promotor é quem decide — continuou ela.

— E quando ele vai decidir? — perguntou o garoto, engasgando-se com as palavras.

— Hoje à noite. Você terá que ficar aqui até lá — respondeu Fors.

— Tenho o direito de ir para casa pois já contei o que sabia — resmungou o garoto.

Fors desligou o gravador.

Lindblom se levantou, caminhou até Malmsten, inclinou-se e disse:

— Você tem o direito de não ser jogado em uma cela e de não ser espancado. Esses são seus únicos direitos. Mas eu não me surpreenderia se alguém aqui se esquecesse que você tem direitos. Portanto, não venha com essa conversa. Deveria dar graças a Deus porque somos gente boa.

Dizendo isso, pegou o garoto pelo cabelo e o sacudiu violentamente.

— Seu porco imundo!

— Calma, Carin — pediu Fors, em voz baixa. — Tenha calma. Peça a alguém que venha buscá-lo. Agora tenho de falar com Lönnergren.

Fors contou os passos até a sala do comissário. Lönnergren era bem mais velho do que ele. Usava um elegante terno cinza, camisa branca e gravata azul-marinho com bolinhas brancas. E no bolso via-se a ponta de um lenço branco. Fors bateu na porta aberta e entrou quando Lönnergren olhou em sua direção.

— Feche a porta, por favor — disse ele, levantando-se e apontando para duas poltronas no canto. — Vamos nos sentar?

Os dois se acomodaram de frente um para o outro.

— Recebi um telefonema há algumas horas. Você prendeu alguns adolescentes, certo?

— Três.

— E parece que são suspeitos de agressão.

— Sim.

O comissário esticou uma pequena dobra em sua calça antes de cruzar as pernas.

— Asp telefonou. Segundo ele o pai de um dos garotos disse ter sido informado de que seu filho foi trazido à delegacia por suspeita de envolvimento em um caso de desaparecimento.

— É bem provável.

Lönnergren pigarreou.

— Como assim, é bem provável?

— Foi isso que informamos aos pais.

— Meu Deus, Harald. Envolvimento em um caso de desaparecimento? Isso não existe!

— Eu sei.

— Na próxima vez que prender alguém por agressão, deixe isso bem claro. Não invente crimes que não existem.

— Sim, entendido.

— Você já devia saber disso.

— Minha intenção era apenas não revelar o que já sabíamos.

— Entendo, mas, como todos os policiais, você precisa seguir as regras.

Fors lembrou que alguém mais lhe tinha dito aquilo recentemente.

— Parece que você não gosta de seguir muito as regras, não é?

— Às vezes acabo me esquecendo — respondeu Fors. Lembrou-se então de que o diretor, Sven Humbleberg, lhe dissera que era necessário seguir as regras.

Lönnergren parecia um tanto desanimado.

— Poderia me dizer o que está fazendo em relação a esses garotos?

Fors descreveu os passos que estava seguindo e o comissário ouviu atentamente, as mãos dobradas sobre o colo. Seu rosto não demonstrava nenhum sinal de emoção. Fors imaginou que ele devia ser um bom jogador de pôquer, mas também tinha jeito de quem jogava *bridge*, se é que gostava de cartas.

Quando Fors terminou, Lönnergren limpou a garganta novamente.

— O promotor deste caso será Bertilsson. Você sabe que ele não gosta muito de prender menores de idade. Portanto, terá de liberá-los até amanhã, no máximo. Se tiver que interrogá-los novamente ou executar qualquer outro procedimento, faça tudo o mais rápido possível. E deixe que me encarrego da imprensa. Os ânimos se exaltam com muito mais facilidade quando os bandidos são tão jovens.

— Hammarlund ficou de dar todas as declarações à imprensa.

Lönnergren sorriu de maneira aparentemente amigável.

— Deixe a imprensa comigo.

— Tem mesmo de ser Bertilsson? — perguntou Fors.

— Sim.

O promotor público Sigfrid Bertilsson tinha ambições políticas. E sua preocupação com a opinião pública tornara-se ainda maior no Natal anterior, quando quatro garotos de 17 anos arrastaram uma menina de 16 para um porão, alguns dias antes dos feriados, e a estupraram. Como eram jovens e jamais haviam tido problemas com a lei, Bertilsson não viu motivo para emitir um mandado de busca. No dia seguinte todos estavam de volta às aulas, vangloriando-se da façanha, e tornaram-se sensação entre os colegas. A garota foi forçada a mudar de escola.

O promotor defendeu sua decisão afirmando que era contra qualquer tipo de estigma contra jovens em crise e, como a investigação havia terminado, seria difícil mantê-los presos.

Quando finalmente foram a julgamento, os rapazes já tinham um discurso pronto e ensaiado. Disseram que a garota havia tido relações com eles por vontade própria e que lhe pagaram pelo "serviço". Foram todos levados para a assistência social, fizeram algumas sessões de terapia e ficou tudo por isso mesmo. Estão rindo da história até hoje. Bertilsson fez questão de defender o valor do relacionamento estreito que deve existir entre o promotor, a polícia e o serviço social. Pouco tempo depois foi designado para trabalhar em uma investigação do ministério da justiça.

Fors suspirou.

— Bertilsson não é tão ruim assim — disse Lönnergren, que o conhecia do clube de golfe. Além disso, os dois faziam parte da diretoria.

— Bem, há mais alguma coisa?
— Por enquanto não, detetive. Vá com calma com esses garotos. Não temos nada a ganhar jogando pesado em uma situação como esta. Anos de experiência me ensinaram que até ovos podres podem se recuperar.

Fors assentiu com um movimento de cabeça e saiu.

— Pode deixar a porta aberta! — Lönnergren disse. Acreditava que um chefe deve estar sempre acessível a seus funcionários. Por isso mantinha a porta quase sempre aberta nas raras ocasiões em que estava no escritório.

Fors voltou à sua mesa.

Lindblom estava lixando as unhas.

— Vamos interrogar Bulterman — disse Fors, olhando para o relógio de parede.

Lindblom guardou a lixa de unhas e saiu. Fors colocou uma nova fita no gravador, fez uma anotação para identificar aquela que fora sido usada no interrogatório anterior e a guardou na primeira gaveta da mesa. Lindblom voltou trazendo Lars-Erik Bulterman.

Quando o garoto se sentou, Fors fez as perguntas iniciais. No início Bulterman respondeu de maneira clara e rápida. Mas, quando indagado sobre o nome de seus pais, ficou calado e se recusou a dizer qualquer coisa.

— Por que está fazendo isso, filho? — perguntou Fors, fitando-o com firmeza.

Sem resposta.

— Sabemos quem são seus pais — explicou o detetive.
— Estou fazendo as perguntas por formalidade.

Bulterman continuou em silêncio.

Fors se inclinou sobre a mesa.

– Está me ouvindo?

Como ele se recusasse a responder, Lindblom interveio.

– Parece que ele tem sujeira nos ouvidos. Acho que com umas pancadas na cabeça vai melhorar.

– Vai ser mais fácil se você cooperar – disse Fors.

Mas ele continuou em silêncio.

Depois de dez minutos, Fors perdeu a paciência e fez com que o rapaz fosse levado para uma cela. E pediu que trouxessem Anneli Tullgren. Conduziu-a até a cadeira onde os outros tinham sido interrogados. Com uma fita nova no gravador, deu início às perguntas preliminares. Tullgren respondeu a todas rápido e de maneira direta.

– Estamos investigando o desaparecimento de Hilmer Eriksson – explicou. – E temos razões para acreditar que você esteja envolvida. É um caso muito sério. Eriksson está no hospital, inconsciente, e segundo os médicos seu estado é crítico.

– Você entende o que isso significa? – Lindblom perguntou, sentada à mesa atrás dela. – Estado de saúde crítico. Ele pode vir a morrer. E se isso acontecer temos razões para acreditar que você ajudou a matá-lo.

– Posso matar quem eu quiser! – Tullgren respondeu.

– O quê? – disse Fors, sem acreditar no que estava ouvindo. – Você pode explicar o que acabou de dizer? – perguntou.

– Exatamente isso.

– Que pode matar quem bem desejar?

— Sim.
— O que quer dizer com isso?
Lindblom começou a falar e Fors desligou o gravador.
— Ela quer dizer que é louca — disse a policial.
— Vadia, cuide da sua vida — Tullgren respondeu, virando a cabeça para Lindblom.
A policial se levantou tão depressa que derrubou a cadeira. Em menos de um segundo estava ao lado da garota.
— O que foi que disse?
— Sua lésbica...
Lindblom a estapeou tão rápido que ela não teve tempo de terminar a frase.
— Acho que não ouvi direito...
— Sua lésbica.
Lindblom lhe deu um tapa no outro lado do rosto.
— Diga de novo — pediu.
— Sua...
Mais um tapa.
— Agora vamos nos acalmar um pouco — disse Fors.
— Estou calma, detetive — respondeu Lindblom. — Calma e tranqüila.
— Por que não se senta?
— Estou bem aqui em pé.
— É melhor se sentar.
Lindblom voltou à mesa, pegou a cadeira e se sentou. Fors ligou novamente o gravador e disse a data e a hora. Dava para ouvir a respiração agitada de Lindblom.

— Vamos continuar. Você disse que pode matar quem quiser.

Tullgren confirmou com um gesto de cabeça.

— E há alguém em especial que gostaria de matar?

Tullgren apontou para Lindblom.

— Esta aí é uma.

— A policial Lindblom?

— Isso mesmo.

— Mais alguém?

— Os imigrantes.

— Todos eles?

— Sim.

— E como pretende fazer isso?

O rosto dela estava vermelho por causa dos tapas.

— Não estou sozinha.

— Está dizendo que não é a única que gostaria de matar os imigrantes?

— Exatamente.

— Quem mais quer matá-los?

— Eu tenho amigos.

— Que amigos?

— Você acha mesmo que vou dizer? Pode me bater quanto quiser. Não vou abrir a boca.

— Então há pessoas que você quer matar?

— Acabei de dizer que sim.

— E Hilmer Eriksson é uma delas?

— Não vou responder.

O interrogatório

— Talvez você ainda não saiba que encontramos Hilmer.
— Não estou interessada.
— Encontramos Hilmer enterrado em uma pilha de folhas podres.
— Certo, e daí?
— Está muito ferido, mas em poucos dias deve se recuperar e poderá nos dizer quem o chutou tantas vezes que perdeu seis dentes.
— Hã-hã.
— Foi você quem mais o chutou, não?
Tullgren o olhou de lado.
— Os outros disseram isso?
— Quais outros?
— Não tenho que lhe dizer coisa alguma.
— Foi você quem mais o chutou? — repetiu Fors.
Ela respondeu, com um sorriso de desdém:
— Por que está tão interessado?
— Responda à pergunta.
Tullgren balançou a cabeça.
— Você se acha muito bom, não?
— Responda, Anneli.
— Você acha que é melhor do que os outros só porque é policial. Mas não é. E posso provar, se quiser.
— O que você vai provar?
— Que você não é melhor que ninguém.
— Eu sei que não sou — disse Fors. — Você é que pensa que algumas pessoas são melhores do que as outras, não eu.

Tullgren balançou novamente a cabeça e respondeu:

— Posso denunciar sua amiga, sabia? Ela me deu três tapas no rosto. Você é testemunha. Mas com certeza a defenderia, não? Por isso estão os dois nesta sala. Um faz o que bem entende e o outro acoberta, certo?

— Errado.

Tullgren deu uma gargalhada.

— Tudo bem. Vou fazer a denúncia. E você vai descobrir que não passa de um porco, igualzinho a todos os outros. Mas, como tem lixo no lugar do cérebro, ainda não entendeu quais serão as conseqüências.

Tullgren colocou o dedo na têmpora, imitando um revólver, e puxou os dedos como se fossem um gatilho.

— Podemos voltar ao assunto Hilmer Eriksson? — sugeriu Fors, ignorando o comportamento dramático da garota.

Ela balançou mais uma vez a cabeça.

— Não. Quero falar com outro policial para fazer uma denúncia de agressão.

Lindblom se levantou.

— Vou conversar com Lönnergren e explicar que perdi a paciência. — E dirigiu-se à porta.

— Peça a Nilsson ou a outra pessoa para vir para cá — disse Fors. — E deixe a porta aberta.

Lindblom fez que sim e saiu.

— Está vendo? — disse Tullgren.

— Vendo o quê? — perguntou Fors.

— Ela saiu porque a venci.

O interrogatório

— Como assim?
— Ficou com medo. Mas eu não tenho medo dela, de você ou de qualquer um dos porcos deste chiqueiro. Podem fazer o que quiserem. Esta é a diferença entre nós. Eu não tenho medo, mas vocês estão se borrando. Basta eu abrir minha boca e enfiam o rabo entre as pernas. Sabe o que sinto em relação a seu sistema falido? O mais puro desdém.
— E o que sentiu em relação a Hilmer Eriksson no sábado?
— Ele é um idiota.
— Foi o que sentiu no sábado? Que ele era um idiota?
— Idiota! — gritou a garota. — Idiota, idiota, idiota.
— E por quê?
— Porque resolveu se misturar com os imigrantes.
— Como assim?
— Não seja idiota também.
— Explique.
— Aquele moleque meteu o nariz onde não foi chamado.
— Onde não foi chamado? Seja mais clara.

Tullgren suspirou e se recostou na cadeira.

— Não importa.

Fors se inclinou na direção dela.

— Por que age dessa maneira, Anneli?
— Não é da sua conta.
— Ninguém jamais a tratou bem?

Tullgren tampou os ouvidos com as mãos.

— Ninguém lhe deu carinho, amor?
— Pare! — gritou ela, ainda com as mãos sobre as orelhas.

Nesse momento Nilsson entrou na sala. Sem dizer uma palavra, sentou-se na cadeira de Lindblom. A garota se virou para ele.

– O que está fazendo aqui, seu incompetente? – Tirou as mãos das orelhas. – Quero denunciar uma agressão. O idiota aqui é testemunha. Vamos lá, quero que seja registrado.

– Agressão é uma coisa muito séria. Vou fazer um boletim caso alguém a tenha agredido – disse Nilsson.

Tullgren bufou.

– Você só está dizendo isso da boca para fora.

– Não, não estou – disse Nilsson. – Vamos conversar assim que você responder às perguntas do detetive Fors.

Tullgren olhou por sobre o ombro para Nilsson e se virou novamente para Fors.

– Pode nos dizer o que aconteceu no sábado? – perguntou Fors.

– Foi um dia péssimo.

– Por quê?

– Não é da sua conta.

– Porque Marcus Lundkivst terminou o namoro com você?

Ela se surpreendeu.

– Como você sabe?

– Conversei com Marcus.

– O que ele disse?

– Vamos pela ordem: eu faço as perguntas e você as responde.

– Pode pegar sua ordem e enfiá-la você sabe onde. O que Marcus disse?

— Responda às minhas perguntas, Anneli.

Tullgren balançou a cabeça e seu rabo-de-cavalo sacudiu. Fors a olhou direto nos olhos e ela o encarou da mesma maneira.

— O que está olhando?
— De quem é o sangue que está nos cadarços de suas botas?
— Eu me cortei.
— Quando?
— Quando estava me depilando.
— Quando se depilou?
— Mulheres se depilam sempre, não sabia, seu estúpido?
— Há sangue nos cadarços. Diga: de onde ele veio?
— Se quer tanto saber, vai ter de descobrir sozinho. Quem sabe não é do porco que chutei?
— Amanhã saberemos de quem é o sangue. Mas você pode nos poupar o trabalho de descobrir.
— Por quê? Não importa o que eu diga. Você não vai acreditar em mim.
— Vou acreditar se me der uma explicação lógica.
— Já disse. Estava depilando as pernas e me cortei.

Fors suspirou.

— Você não vai me contar o que aconteceu na trilha perto do rio, no sábado?
— Não.
— Diga. Será bem melhor.
— Não.

— Foi sua a idéia de esconder Hilmer na pilha de adubo?
— Se ele disse isso, está mentindo.
— Ele? Você era a única menina ali?
— Sim!
— E quem eram os outros?
— Você acha que vou dizer isso a um policial? Acha mesmo? Você não sabe nada, essa é a verdade. Não vou ficar aqui falando com um idiota que não entende coisa alguma.

Cruzou os braços e, depois de alguns instantes, virou a cabeça para olhar Nilsson.

— Quero denunciar um caso de brutalidade policial.
— Faça o boletim para ela — disse Fors, guardando o gravador. — Vou até o hospital.

Vestiu a jaqueta e saiu da sala. Foi até a lanchonete e comeu uma omelete, alface e metade de um tomate sem gosto. Tomou uma xícara de café e observou Lönnergren, que estava em uma mesa reservada ao comissário e seus convidados. A mesa ficava em uma pequena área cercada por treliças e vasos com tulipas de plástico. Seis de seus colegas, de uniforme, estavam sentados a outra mesa, falando sobre futebol. Um deles imitava um goleiro levando um gol e os demais riam. Fors terminou o café e foi para o elevador.

Quando a porta se abriu, a repórter Annika Båge saiu. Obviamente, ia jantar com o comissário. Estava muito mais bem vestida do que quando a encontrou pela última vez. Sorriu, e ele a cumprimentou. Ao passar por ela, Fors sentiu cheiro de perfume.

Ao chegar à garagem, foi ao carro e dirigiu-se ao hospital.

Tarde de terça-feira

A presença do invisível é como a de um fantasma. Acabamos nos virando ou olhando para o lado, com a impressão de ter visto alguém. Quem? De onde vinha e para onde ia?

Os invisíveis andam ao nosso lado. São legiões, grupos, exércitos de vidas. Sussurram em nossos ouvidos tudo o que deixaram de viver, suas esperanças e desejos.

Às vezes conseguimos até ouvi-los e acabamos tendo vontade de dizer "alguém perdeu a vida e pode ter sido por minha causa, para que eu me tornasse visível".

Poderia ser eu.

Poderia ser você.

O cheiro desagradável de desinfetante envolveu Fors quando ele passou pela porta giratória do hospital.

Ao chegar à UTI encontrou a pastora Aina Stare, mãe de Ellen, sentada em um sofá na sala dos enfermeiros.

— Vim entregar uma fotografia — disse ele, cumprimentando-a e acomodando-se ao lado dela. Tirou uma foto de Hilmer de um envelope marrom que tinha nas mãos. — A mãe de Hilmer está aqui? — perguntou, apontando para o quarto dele, que estava com as cortinas creme fechadas.

— Está lá com ele e Ellen.

— Como ele está?

Aina não respondeu. Parecia perdida em pensamentos.

— Henrik era um de meus alunos do curso de crisma.

— Malmsten?

— Sim.

Fors ficou calado. O que poderia dizer?

— Conheço sua mãe. É uma mulher bondosa que nunca fala mal das pessoas. Quando começamos a ter problemas com os *skinheads* e os imigrantes, tentei entender. Li um livro sobre o que um grupo de soldados alemães fez na Polônia. Não eram soldados nazistas, e sim oficiais comuns, padeiros, encanadores e motoristas de táxi de Hamburgo, recrutados para o batalhão de polícia. Então lá se foram aqueles homens de meia-idade, com barrigas de cerveja, atirar nos judeus. O livro explica a lógica que eles utilizavam para atirar em crianças. Sabia disso?

Fors balançou a cabeça.

— Atire primeiro na mãe, assim faz todo sentido atirar no bebê, pois ele não tem como sobreviver sem ela. — Fez uma pausa. — Como pessoas comuns conseguem compactuar com esse tipo de lógica? Não entendo. Não consigo entender como um garoto como Henrik Malmsten se envolveu nisso. Você consegue?

— Não — disse Fors.

— Mas você o prendeu, não?

— Malmsten e dois amigos dele.

— E o que vai acontecer com eles?

— Como são adolescentes, provavelmente serão soltos amanhã e haverá um julgamento daqui a um mês. Se a corte os julgar culpados, irão para um centro de detenção juvenil ou cumprirão algum tipo de pena alternativa, com trabalhos para a comunidade e terapia.

— Henrik era um garoto muito bom e gentil quando fez o curso de crisma.

— Imagino que sim.

— Não consigo entender.

— Eu sei.

— O livro que li também menciona outro historiador. Segundo ele, o movimento nazista se tornou tão violento porque envolvia pessoas propensas a atitudes desse tipo. Mas isso não explica o que aconteceu. Não posso dizer que Henrik Malmsten seja uma pessoa violenta. Ainda é uma criança, filho de uma mulher que canta no coro da igreja.

Fors mostrou a fotografia.

— Prometi devolver isto, mas não quero perturbá-los agora. Você poderia entregar por mim?

E deu a ela a fotografia de Hilmer. A imagem de Hilmer. De como ele tinha sido. Antes.

Enquanto ela a observava, Ellen saiu do quarto e se jogou no sofá ao lado da mãe. Deitou a cabeça em seu colo e seu corpo todo sacudiu em pranto.

E lá estava Hilmer.
Aquele que não era o corpo.
Sua presença no quarto era tão forte que quase sufocava.

Estava ali enquanto seu corpo repousava sob o lençol e a colcha de algodão amarela. Um tubo com uma agulha enfiada em seu braço direito injetava analgésicos e calmantes na veia.

E aquele que também era Hilmer estava no quarto, perto deles, inebriando-os com sua invisibilidade, com a amplitude e a presença de seu ser.

– Vou indo, então – disse Fors, levantando-se.

A mãe de Ellen o cumprimentou com um movimento de cabeça. A garota nem pareceu notar sua presença.

Ao passar pela porta do quarto, Fors viu o corpo de Hilmer na cama. E a mãe. Sentada ao lado do filho, rezava para Deus, embora não acreditasse nele.

– Deus, bom Deus, permita que Hilmer viva.

Suas preces eram em vão.

Mesmo com o filho morrendo, porém, imaginava que a cor voltava às suas faces. Pensava, por um instante, que ele estava se recuperando. Queria pensar que se recuperaria.

Mas o corpo de Hilmer estava morrendo. Em alguns instantes alguém se sentaria ao lado dela, pegaria sua mão, iria abraçá-la e lhe diria algumas palavras.

Ela balançaria a cabeça, lembrando que acabara de ver o rosto de Hilmer ganhar a cor natural. E tudo deixaria de fazer sentido. O grito que sairia de sua garganta a acompanharia o resto da vida, preenchendo seus dias e noites, verões e invernos. Um dia, em sua velhice, lembraria quando alguém se sentara a seu lado, tomara sua mão e dissera as palavras que transformaram sua vida em sombras. Seria a lembrança mais intensa em sua mente, o pesadelo que a perturbaria pelo resto de seus dias.

E as lágrimas.

Mas isso só aconteceria dali a algumas horas.

Naquele momento, ela orava a Deus, em quem jamais acreditara, esperando receber ajuda. Dali a algumas horas não teria mais o que esperar. Mas ainda não havia chegado o momento. Seu filho continuaria vivo por mais algum tempo.

Lá fora, a namorada de Hilmer chorava tão desesperadamente que mal conseguia se manter no sofá.

O espírito de Hilmer estava no quarto também, e tentava consolá-la.

Mas ninguém o ouvia porque ele era invisível.

— Quer ir para casa, Ellen? — a pastora perguntou, abraçando a filha.

As duas se levantaram e saíram. Dirigiram-se a um carro azul-marinho, que tinha um pequeno afundamento no pára-choque. A pastora Stare ligou o motor e seguiu para a estrada.

— Estou grávida — anunciou a filha.

O carro passava por um trecho cheio de toras de pinheiro nas laterais. O cheiro forte da resina entrava pela janela aberta no lado de Ellen.

— De Hilmer? — perguntou a mãe, com voz fraca.

Ellen abaixou a cabeça e as duas ficaram em silêncio, em uma espécie de comunhão.

Depois de algum tempo ela continuou:

— Foi para dizer isso que pedi a ele que fosse à nossa casa no sábado. Se não tivesse pedido, nada disso teria acontecido.

E chorou.

— Não foi culpa sua, Ellen.

— Mas, se eu não o tivesse chamado, ele não teria topado com aqueles garotos.

— Não é assim que as coisas funcionam, filha.

— Eu devia ter esperado para contar a ele depois.

— Não é culpa sua, Ellen.

As duas ficaram em silêncio de novo. E, enquanto seguiam pela estrada, o detetive Harald Fors voltava para a delegacia.

Lindblom veio a seu encontro no corredor.

— Acabaram de telefonar do hospital. Hilmer Eriksson faleceu.

Fors balançou a cabeça.

— Mas eu acabei de sair de lá!

— Ele deve ter morrido quando você estava a caminho — sugeriu Lindblom.

— Traga Tullgren — disse ele.

Fors foi para o escritório, tirou a jaqueta e ficou esperando perto da janela.

"Parece que o tempo vai melhorar", pensou.

Na paróquia de Vreten, Ellen e a mãe entravam em casa quando o telefone tocou. A notícia as levou a chorar novamente. Ellen se jogou no sofá da sala. Depois de alguns minutos já nem tinha mais forças para chorar.

Então Hilmer a encontrou. Usara o resto da energia que lhe havia sobrado. Deitou-se ao lado de Ellen e ali ficou, com ela, em seu útero.

— Agora que ele morreu não posso me desfazer desta criança. Não posso tirar a única coisa que restou de Hilmer.

Lá fora o dia ficou um pouco mais ensolarado. As nuvens se afastaram e deram lugar à luz.

Algum tempo depois, Ellen saiu para andar pelo jardim, enrolada no casaco de inverno da mãe. Caminhou pela beira da mata que ficava nos fundos da casa e ficou algum tempo ali, parada. Estava cansada demais para chorar. Perto de seus pés havia alguns brotos de prímula, com suas folhas verdes. Ela se inclinou, pegou uma delas, colocou dentro da camiseta e sentiu o contato da folha úmida em sua pele.

Fim

Sucessos da Butterfly

AMOR ALÉM DA VIDA
Richard Matheson

Best-seller que deu origem ao filme que emocionou milhões de pessoas. Annie perdeu o marido, vítima de um acidente fatal. Arrasada, pretende dar fim à vida. No Além, Chris, seu grande amor, quer ajudá-la a vencer a depressão...

FANTASMAS, ESPÍRITOS E APARIÇÕES
Linda Williamson

Quais são as diferenças entre fantasmas, espíritos e aparições? Neste livro esclarecedor, a médium inglesa Linda Williamson relata ocorrências impressionantes que envolvem o Além e explica a natureza das aparições e sua presença entre nós.

REENCARNAÇÃO
Roy Stemman

Por que, quando e onde reencarnaremos? Mudaremos de sexo? Toda a verdade sobre a reencarnação, incluindo pesquisas do brasileiro Hernani Guimarães Andrade. Casos extraordinários – registrados em várias partes do mundo – revelam a reencarnação.

UM ALÔ DO CÉU
Bill e Judy Guggenheim

Existe vida depois da morte? Os mortos podem comunicar-se? Neste livro – elogiado por Brian Wess, autor de *Muitas vidas, muitos mestres* – 353 depoimentos confirmam que a vida continua e explicam o destino daqueles que partiram deste mundo.

UM ÚLTIMO ABRAÇO ANTES DE PARTIR
Carla Wills-Brandon

Aqueles que se preparam para partir deste mundo recebem visitas do Além. Descubra neste livro toda a verdade sobre essas aparições espirituais. Nele, o drama da morte do corpo se desfaz, levando-nos a vislumbrar um outro plano da existência.

Querendo conhecer outros livros da Butterfly Editora, basta acessar o site www.flyed.com.br ou solicitar um catálogo sem compromisso pela Caixa Postal 67545 – Ag. Almeida Lima – CEP 03102-970 – São Paulo – SP.